Patchwork by Sewing Machine

手縫拼布的連接線和壓線雖然具有獨特的魅力，但也需要耗費相當的時間和勞力。縫紉機則可以輕鬆省力地加快製作速度。首先請拿出自己家裡的縫紉機，從直線的縫紉開始練習。等到能夠縫出相同寬度的直線後，再試著挑戰簡單的花樣。想要縫出漂亮的線條，其中是有訣竅的，所以請參考本書製作各式各樣的作品並從中學習。

增田順子

Contents

記號筆

在布上做記號用的筆。有鉛筆型、自動鉛筆型、水消型等，種類很多。也可以用鉛筆來代替，請用B或2B等筆芯較軟的種類並確實削尖。

珠針

用來做布片之間的暫時固定，避免滑動。長35mm左右的細針較好用。

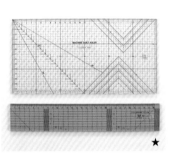

尺

最好有附有方格，可以正確畫出平行線，且能測定公釐數的尺。要用輪刀時，建議使用可以壓住較寬範圍且邊緣為不鏽鋼的種類。此外，要裁剪六角形或菱形時，就需要有60度和45度的刻度。

拆線器和錐子

拆線器是用於想要拆解縫紉機的縫目時。錐子則是用於車縫時壓著布推進，或是想用點來做記號等時(也可以用竹籤代替)。

剪刀

有裁剪布料專用的布剪和處理線頭等細節作業專用的線剪。紙用的部分請另外準備一把專用的剪刀。

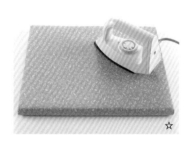

熨斗和熨板

不僅可以用來撫平皺褶，布片縫合後，也用於使縫份倒下。

成組使用

輪刀和裁墊

可以把布片重疊起來裁剪，習慣後能裁剪得比剪刀更快速更正確(參照第5頁)。刀鋒不利時就要把刀片換掉。

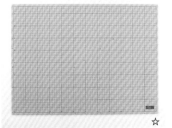

有這個會很方便！

液態膠(熨燙用)

裁剪布料前，先用熨燙專用的液態膠上膠，布在有張力的狀態下，裁剪或車縫都會變得比較容易，對於防止布料被拉長也很有效果(參照第4頁)。

布用口紅膠

在做布片與布片之間的暫時固定、貼布繡等細部作業的暫時固定，以及決定各部分位置時都很好用。

線的素材及編號

線的素材有聚酯纖維、棉和絹等，雖說線的素材最好與布料相同，但聚酯纖維線不但可以搭配任何素材的布料，顏色的種類也非常豐富，所以是很好的選擇。線是編號愈大就愈細，針則是編號愈大就愈粗。其中，拼布常用的普通布料與60號的聚酯纖維線是最好的搭配。

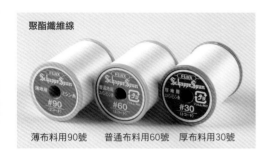

聚酯纖維線

薄布料用90號　普通布料用60號　厚布料用30號

棉線也是很好的選擇

使用與布料同素材的線不但可以提高整體感，且因熨燙時收縮率相同，故有不易產生皺褶的優點。顏色雖然不像聚酯纖維那樣豐富，但使用天然素材還可以兼顧環保喔！

布料・車線・車針的關係

請參考下表配合布料的厚度選用適當的線和針。用細針縫厚布料針可能會折斷。此外，上線和下線的編號及素材要相同，這些都是基礎。

布料	車線	車針
薄料(蟬翼紗・巴里紗)	90號	9號
普通料(床單布・USA棉布)	60號	11號
厚料(丹寧布・燈芯絨)	30號	14號

線卷的正確放置方法

如果縫紉機的線架是縱式的就不會有問題，如果是橫式的，則線卷的放置方法有可能會成為造成線相互糾纏的原因。請像下圖3這樣，以線不會相互糾纏的方向將線卷插在線架上。

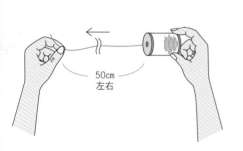

1 右手橫向拿著車線，左手則拿著線端，往左邊拉出約50cm的長度。

2 1拉好線之後使兩手靠近至間隔10cm左右。如果線像圖中這樣相互糾纏就×。※藍色箭頭記號是鬆開線的方向。

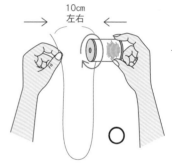

3 把右手上的線卷轉成與2相反的方向拿著，像1那樣先把線拉出來再讓雙手靠近。線變成U字形而不會相互糾纏就OK。

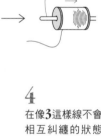

4 在像3這樣線不會相互糾纏的狀態下直接把線卷插在縫紉機的線架(橫式)上。

縫紉機不適合使用手縫線

縫紉機可以使用手縫線嗎？標明"手縫線"或"HAND"的線有時候並不適合讓縫紉機使用，請注意。對縫紉機而言，手縫線的強度太強了，而且上蠟的線比較不容易調節，可能會導致一些問題。另外，舊的線比較容易斷，請盡量不要用。

選擇線的顏色

一般來說，只要準備米白色的線就很足夠了。如果想要使用有色的線，就選擇比布的顏色深一點的線。無論如何都找不到適合的線時，也可以用灰色的線來代替。

〈布和線的選擇範例〉

布 料

拼布的製作必須要兼顧設計與色彩的平衡，所以選布是很重要的。
決定好當主角的布之後，再選擇當背景的底布和當配角的布。

一般而言，20~40號的普通布料以100%純棉為最恰當。因為棉料不但容易畫記號和裁剪，還有好縫及好
燙的優點。跟100%純棉比起來，棉與聚酯纖維混紡的布料在舖棉壓線時，則有較易產生皺褶的缺點。

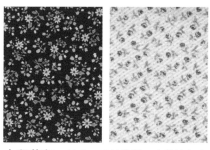

小印花布…較多可愛的花樣。也常被當成素布來用。

中印花布…能和小印花布組合成有趣的畫面。花樣較具流動性和動感。

大印花布…把大印花布裁剪成小片時可能會破壞到花樣，請注意。可當做較大布片的一部分，或是用貼布繡的方式做成主題圖案。

背景布(底布)…選擇較接近素布的花樣就可以強調出其他布的色彩。

素布(有色布‧緞面布‧暈染布)…只用素布完成的作品可以給人清新的印象。用暈染布的話，可以營造出流動感。

條紋布…較能吸引目光，能和印花布組合成有趣的畫面。請注意條紋的方向。

圓點布…覺得素布太單調時就可以用這個。

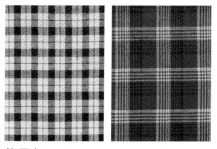

格子布…用細格子布、中格子布或粗格子布與印花布搭配，營造作品的張力感。

布 紋

布紋就是布料的織紋方向(橫紋或直紋)，直紋的伸縮性最差，橫紋的伸縮性比直紋好一點。另外，伸縮性最好的是對布紋傾斜的方向(斜紋)。

基本的做法是以布紋的直紋或橫紋去對齊布紋的箭頭記號。如果沒有畫，就讓布片的其中一個邊去對齊布紋。只想表現花樣而不在乎布紋的方向時，尤其是與斜紋布縫合在一起最容易伸縮，請注意。

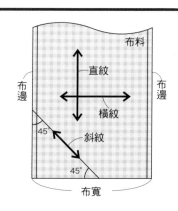

布料
直紋
布邊
布邊
橫紋
45°
斜紋
45°
布寬

裁布的方法

用縫紉機拼布時不會在布上畫記號，而是裁剪加上縫份的布片(有時候也必須要畫一些記號)，然後用縫紉機縫紉距離布邊0.7cm的位置。請先從基本的布條(細長)開始裁剪，然後再裁剪正方形‧長方形‧三角形和菱形等的布料。

輪刀的使用方法是用食指壓著上方，同時用手心握住柄的末端，刀刃必須和要裁剪的布料相互垂直，沿著尺由近處往遠處滾動。

※縫份雖然是0.7cm，但裁剪時還必須考慮到反摺所需的份量以及刻度是否容易辨識，並標上容易區分的數字。

<<基礎裁剪技巧 布條的裁剪>>　※布要先過水，然後用噴霧器噴上熨燙用液態膠，使布紋回到原位，用熨斗燙平。

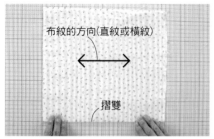

布紋的方向(直紋或橫紋)

摺雙

1 沿著布紋將布對摺，讓"摺雙"的線對齊裁墊上的直線。

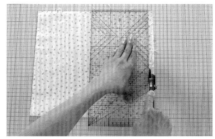

2 使尺上的橫線確實對齊"摺雙"的線，裁掉不整齊的布邊。

3 不要讓布滑動，將裁墊旋轉180度。

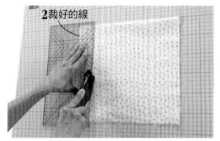

2裁好的線

4 把尺放置成與**2**裁好的線平行，裁下長條狀的布。

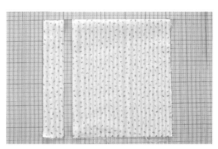

5 裁好一條5cm寬的布條了。

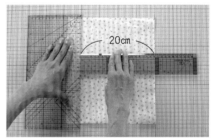

20cm

6 如果要裁剪寬度比尺還要寬的布條，例如20cm，就用另外一把尺量好20cm再裁剪。

正方形

請參照上述的基礎裁剪方法，準備寬度為完成尺寸a+1.5cm(縫份)的布條。

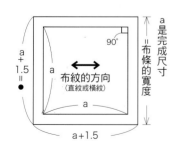

90°

a+1.5＝●

a 布紋的方向(直紋或橫紋)

a是完成尺寸＝布條的寬度

a+1.5

1 把布條的末端裁掉。

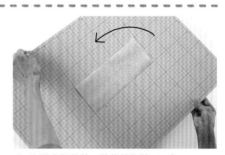

2 為了方便裁剪，將裁墊旋轉180度。

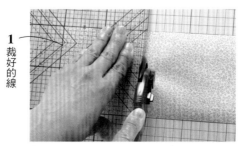

1裁好的線

3 使尺上的線對齊**1**裁好的線，以a+1.5cm的寬度裁剪。

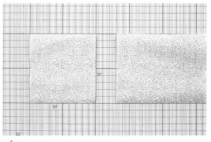

4 裁好正方形的布片了。

長方形

請參照第5頁的基礎裁剪方法，準備寬度為完成尺寸a+1.5cm(縫份)的布條，並將布條的布邊裁剪整齊。

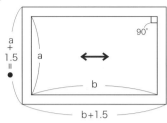

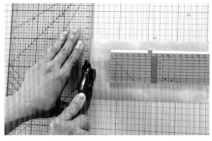

1 用另一把尺測量完成尺寸b+1.5cm(縫份)的寬度並裁剪下來(參照P.5基礎裁剪技巧-6)。

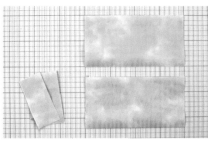

2 也可以幾片疊在一起裁剪。

等腰直角三角形A

請參照第5頁的正方形裁剪方法，準備邊寬為完成尺寸a+2.5cm(縫份)的正方形。

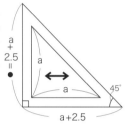

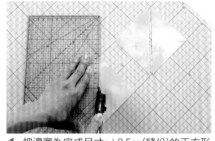

1 把邊寬為完成尺寸a+2.5cm(縫份)的正方形沿對角線切成一半。

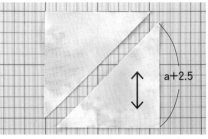

2 每個正方形可以裁剪成2個等腰直角三角形，布紋順著短邊。

等腰直角三角形B

請參照第5頁的正方形裁剪方法，準備邊寬為完成尺寸a+3.5cm(縫份)的正方形。

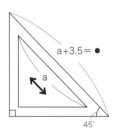

1 把邊寬為完成尺寸a+3.5cm(縫份)的正方形沿對角線裁剪2次，變成1/4大小。

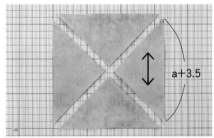

2 每個正方形可以裁剪成4個等腰直角三角形，布紋順著長邊。

正三角形

請利用底下的公式算出布條的寬度，並依第5頁的基礎裁剪方法準備好布條。

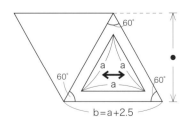

$\bullet = \frac{\sqrt{3}}{2}a + 2.1cm \fallingdotseq 0.87a + 2.1$

(a=10cm時、$\bullet \fallingdotseq 10.8cm$)

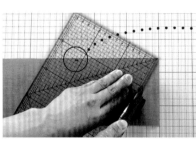

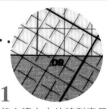

1 使布邊上方的線對齊尺的角，布的角與尺上刻度為60度的線，裁掉多餘的部分。

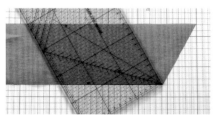

2 這次讓布邊下方的線對齊尺上刻度為60度的線，也可以把尺翻到背面來用。

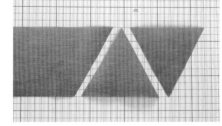

3 裁好正三角形的布片了。

菱形(45度)

請利用底下的公式算出布條的寬度,並依第5頁的基礎裁剪方法準備好布條。

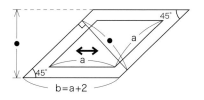

$$● = \frac{a}{\sqrt{2}}a+1.5cm ≒ 0.7a+1.5cm$$

(a=10cm時、●≒8.5cm)

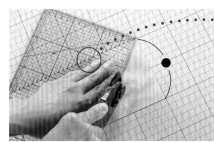

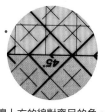

1 使布邊上方的線對齊尺的角,布的角與尺上刻度為45度的線,裁掉多餘的部分。

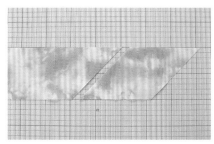

2 平行移動1的尺,並用另一把尺測量與布條寬度相同的尺寸。

3 裁好菱形(45度)的布片了。

正六角形

請參照第5頁的基礎裁剪方法,準備寬度為完成尺寸a+1.5cm(縫份)的布條。

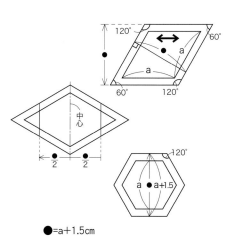

●=a+1.5cm

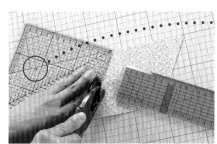

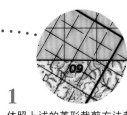

1 依照上述的菱形裁剪方法裁下銳角為60度的菱形布片。

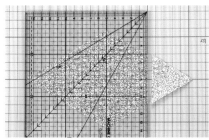

2 裁好1片菱形(60度)的布片了。

3 利用中心的線來計算完成尺寸的1/2(參照左圖)並裁剪下來。

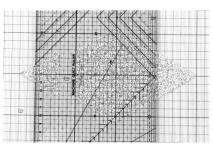

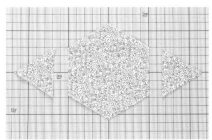

4 將裁墊旋轉180度以便裁剪,依相同方法裁好另外一側。

5 裁好正六角形的布片了。

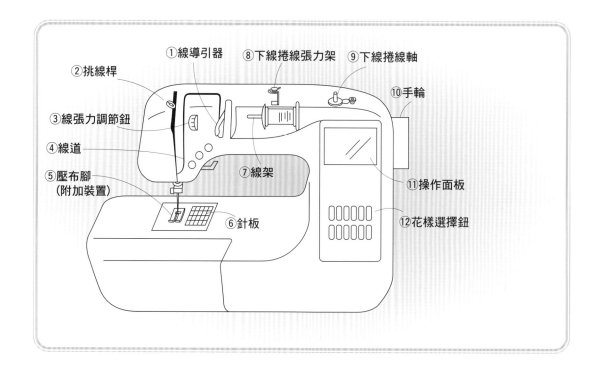

① 線導引器
　用於穿上線時。
② 挑線桿
　擔負使上線保持一定鬆弛度及送線的重要功能。如果上線在布下出線太多而無法縫好，就要先檢查挑線桿。
③ 線張力調節鈕
　可調節上線的張力強弱。數字較大時，上線的張力就比較強，數字較小時，上線的張力就比較弱。
④ 線道
　穿上線時線經過的通道。
⑤ 壓布腳(附加裝置)
　要注意配合縫紉的種類更換壓布腳。
⑥ 針板
　取下針板，把積在針板下方梭床內的灰塵或毛屑清乾淨。

⑦ 線架
　插入線卷，蓋上線軸壓蓋。
⑧ 下線捲線張力架
　用於纏捲下線時。
⑨ 下線捲線軸
　纏捲下線時放梭子的軸。
⑩ 手輪
　用手轉動，使車針上下位移，或是想要一針一針縫紉時就可以使用。
⑪ 操作面板
　可做各種設定，例如改變振幅及縫目長度，或是選擇針法及花樣縫的種類。
⑫ 花樣選擇鈕
　可選擇直線縫或鋸齒縫等各種針法。

縫紉機的種類

使用方便且功能豐富的縫紉機各家公司都有販賣，但本書只介紹較為基礎的技巧，只要是能縫直線的縫紉機，任何機種都無妨（有一部分用到了貼布繡的鋸齒縫和暗針縫）。縫得又快又省力，一瞬間就拼好很多圖案，請您也用家裡的縫紉機去體驗縫紉機拼布的魅力吧！

●家庭用縫紉機⋯除了直線縫之外，還能做鋸齒縫、釦眼織補、花樣縫和刺繡等，不同的機種有不同的功能。不擅長使用縫紉機的初學者建議使用水平式梭床具自動切線功能及自動線張力調節功能的機種。

●職業用縫紉機⋯不像工業用的那麼大，馬力也比較弱，但速度比家用機種快的直線縫專用縫紉機。縫目很漂亮，所以無法滿足於家用機種而企求完美縫目的人，以及洋裁專家、洋裁學校的學生都很愛用。

●工業用縫紉機⋯製衣廠及牛仔褲專賣店等較常用，是以量產為目的的縫紉機。比職業用縫紉機大，回轉速度也較快，重量較重，馬力也較強。除直線縫外，也有依不同用途區分的各式專用機種。

梭床型式及梭子

縫紉機依置入梭子的梭床型式可分成三大類。梭子的素材及大小也有好幾種,用錯了梭子也會導致問題的產生。請使用縫紉機附贈的梭子或是廠商推薦的梭子。

1 垂直半回轉梭床式

傳統家庭用縫紉機就是以這種型式的斧為主流。垂直半回轉式的梭床拆解和組合都比較容易,維護也比較簡單。

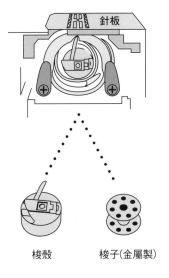

梭殼　　梭子(金屬製)

2 垂直全回轉梭床式

某些家庭用縫紉機以及職業用‧工業用縫紉機都採用這種型式的梭床。特徵是線比較不會相互糾纏。

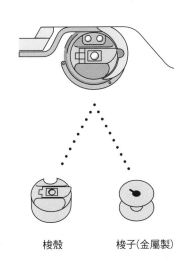

梭殼　　梭子(金屬製)

3 水平式梭床

最近家庭用縫紉機的主流。從縫紉機的桌面水平放置梭子,不需要梭殼,操作很簡單,可以看見下線的殘量也是優點之一。

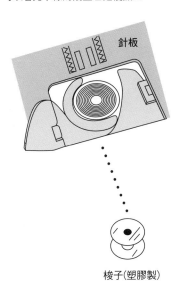

梭子(塑膠製)

☆下線的置入方法　※僅上述的1和2

1
梭子置入梭殼時,線纏繞梭子的方向應為順時針方向。

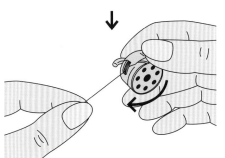

2
拿著線端,從調節線張力的彈簧下方穿過去,從小窗口穿出來。拉一拉線端,確認梭子是否為順時針旋轉。

☆下線的調節方法　※僅上述的1和2

線張力原則上是"**以下線的張力為基準去調節上線的張力**",如果上線的張力能用線張力調節鈕來調節,下線的張力就不需要改變。下線張力的調整方法是旋轉梭殼上的螺絲,所以不需要梭殼的水平梭床式縫紉機一般來說是無法自行做下線調節的。

要調節下線時,請像圖1這樣拉著從小窗口穿出梭殼的線端,以放下梭殼時會稍微滑動再停止(約落下5~10cm)的程度為基準,試著縫縫看。如果下線太強的話,就把調節螺絲往左轉,使張力變弱,如果下線太弱了,就往右轉增強。

※另外,請仔細閱讀家中縫紉機的操作說明書。

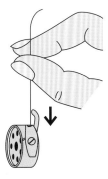

圖1

加強

減弱　　圖2

9

上線的穿法

把手輪往自己這邊轉，使針的位置升高，一定要在壓布腳上提的狀態下穿線。
另外，如果是不需要打開電源的機種，則切斷電源是比較安全的。

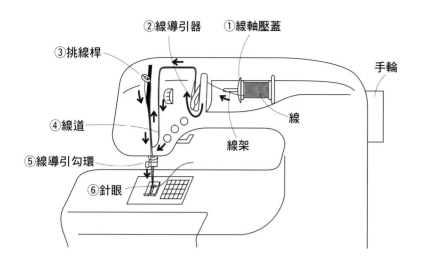

②線導引器　①線軸壓蓋
③挑線桿
手輪
④線道
線
⑤線導引勾環
線架
⑥針眼

※每種機型穿線的方法都不一樣，請務必詳讀縫紉機附贈的說明書，依照順序正確地穿線。

① 把線插在線架上，蓋上線軸壓蓋。線軸壓蓋要用比線大的(若線架為橫式，則線卷的放置方向請參照第3頁)。
② 把線穿過線導引器。
③ 穿過挑線桿的孔。
④ 沿著箭頭記號一直穿到線道的下方，然後把線往上拉。
⑤ 穿過針桿正上方的線導引勾環。
⑥ 把線從自己這邊往後面穿過針眼。

車 針

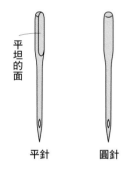

平坦的面

平針　圓針

家庭用的車針叫做"平針(HA針)"，為了方便裝拆，把柄的部分一邊做成平的。職業用及工業用的車針則稱為"圓針(DB針)"，沒有平坦的面(某部分職業用車針是平針)。
家庭用車針以9號‧11號和14號最常用。拼布一般都是用普通料，所以只要有11號針就可以了。有些車針雖然編號相同，針尖卻特別做成圓的，那是編織專用針，請不要用錯。

更換車針的方法

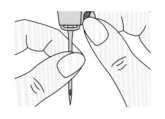

換針時請一定要切斷電源，把手輪往自己這邊轉，使針上提。左手拿著針，右手將螺絲轉鬆(或是用專用的螺絲起子)，把針往下拉取出來。家庭用車針要讓針的平坦部分朝向內側，確實插入後旋緊螺絲。

更換車針的時機

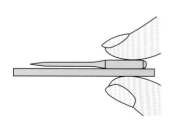

讓車針柄部的平坦面與板子等的平坦物體靠在一起，如果一直到針尖的間隙都一樣的話就不必換，但如果針尖彎曲或是損壞了，就有可能成為斷線或針目跑掉的原因，那麼就要把車針換掉。
雖說會因情況而異，但若用完5~6個梭子，就差不多該換車針了。請檢查車針的狀況。針是消耗品，希望能永保縫目漂亮的人請一定要勤於更換車針。

把下線鉤上來的方法

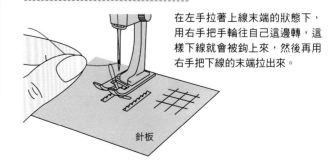

針板

在左手拉著上線末端的狀態下，用右手把手輪往自己這邊轉，這樣下線就會被鉤上來，然後再用右手把下線的末端拉出來。

縫紉前的準備

為了在縫紉時使縫份保持在0.7cm的寬度,請利用壓布腳的寬度來決定標準。壓布腳的寬度依機種不同也會不一樣,請利用以下的方法確認布邊要對齊壓布腳的哪個位置。

1 從布邊開始以0.7cm的間隔畫幾條平行線。

1的局部放大

布邊

0.7 0.7

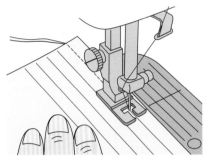

2 從布邊開始在0.7cm的線上車縫。

以這個間隔為標準

0.7

3 記住布邊到壓布腳邊緣的間隔,當做縫紉時的標準。

這個間隔為標準

4 依相同方法再縫幾條線,確認以0.7cm的間隔縫紉時的標準。

※插圖中的壓布腳與實物不一定相同。

開始縫紉

※用縫紉機做拼布時,若無特別指定,則起針及收針都不要回針縫。

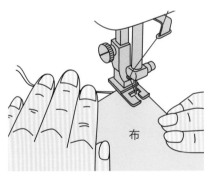

布

使上線和下線2條線靠攏,壓著末端,在起針的位置下針,放下壓布腳後開始縫紉。

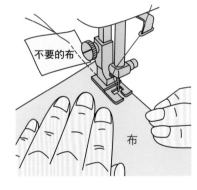

不要的布

布

像左圖那樣,如果從布邊開始縫會不好縫的話,就先縫紉不要的布,然後不要剪斷線,直接繼續縫。

車線張力的看法及調節方法

開始縫紉前請一定要先試縫。看看上線和下線是不是剛好在布與布之間相交。如果線張力是正確的,就會呈現從表側只能看到上線,從裡側只能看到下線的狀態。

上線的張力是利用"線張力調節鈕"或設定"操作面板"上的數值來調整。數字愈大,上線的張力就愈強,數字愈小,上線的張力就愈弱。

剛好的張力

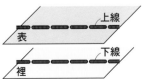

上線

表

下線

裡

布與布之間→

上線

下線

剖面圖

從表側可以看到下線的狀態。把上線的張力調弱。

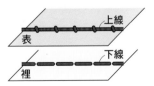

上線

表

下線

裡

上線

下線

剖面圖

從裡側可以看到上線的狀態。把上線的張力調強。

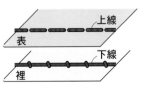

上線

表

下線

裡

上線

下線

剖面圖

要以縫份為0.7cm的固定間隔做縫紉練習的話，布條拼縫是最適合的。請準備2種喜歡的布，試著用布條拼縫來做四角形拼縫。

※Strip是布條的意思；piecing是縫合的意思。

裁剪布條(參照P.5)

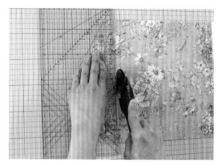

1 將2種布重疊，裁剪完成尺寸＋1.5cm(縫份)寬的布條。

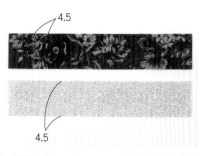

2 照片為3cm＋1.5cm=4.5cm寬的2種布條裁好時的模樣。

3 使2條布條面對面地重疊，不必用珠針固定。

縫紉的要領

4 縫2~3針後先暫停，使2條布條的布邊確實對齊，用右手拿著(參照P.11「開始縫紉」)。

5 利用壓布腳的寬度縫紉0.7cm寬的縫份(參照P.11「縫紉前的準備」)。

6 收針時把手靠在壓布腳的旁邊，就可以筆直地縫到最後。

7 縫好後的模樣。起針及收針都不要回針縫。

熨燙的要領

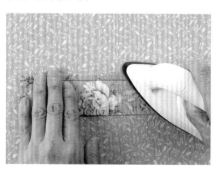

8 先熨燙縫目的部分，使布和線融合。

9 接著把2片布攤開，從表側熨燙。使縫份倒向深色布的那一側。

做成四角形拼縫

表

裡

10 完成2條布條的拼縫了。請一直重複做布條的拼縫練習，直到能筆直地縫合為止。

11 將**10**以完成尺寸＋1.5cm（縫份）的寬度裁開。照片中是以3cm＋1.5cm＝4.5cm的寬度裁開。

4.5

4.5

12 排列成配色交錯的模樣，然後面對面地重疊。

使交點剛好對齊的要領

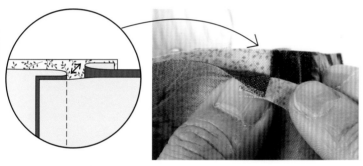

13 使縫份交點的凹凸剛好靠在一起，先用手指確實壓一壓，再使全體的布邊對齊。不必插珠針固定。

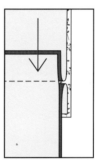

14 往箭頭的方向縫時，上側的布多少也會往箭頭的方向滑動，此時剛好被下側交點的凸部擋住，2個交點就靠攏了。線不必每縫一片就剪斷，可以繼續縫。

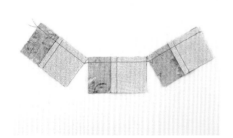

15 像這樣連續縫就稱為"chain-piecing"。線之後再一併剪斷。

16 和**8**、**9**一樣用熨斗熨燙。使縫份倒向其中一側。

17 完成四角形拼縫了。

請記得基本的8種縫法。用這些縫法就可以組合出各式各樣的圖案。
各布片的完成尺寸請在決定好想製作的圖案大小後以等分割求得。

基本的8種縫法 **1** 四角形拼縫（正方形）

四宮格

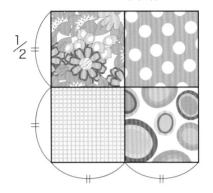

（表）

（裡）

拼縫方法及順序

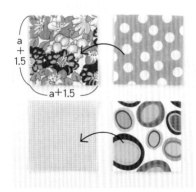

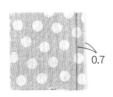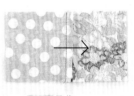

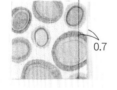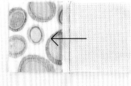

1 裁剪完成尺寸a+1.5cm寬的方形布片，依箭頭方向面對面地重疊。

2 縫紉距離布邊0.7cm的位置。不需要回針縫。

3 使縫份交互倒向箭頭所指的方向並燙平。

4 使上、下兩列面對面地重疊。

5 同樣縫紉距離布邊0.7cm的位置。

 四角形拼縫

（表）

（裡）

把4個4宮格拼縫在一起。如果想像左圖這樣用2種布配色的話，P.12・13的方法會像上述那樣把正方形一片一片裁剪下來再縫合更有效率。

14

九宮格

 （表）　　　　　　　　　（裡）

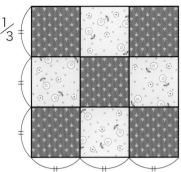

1/3

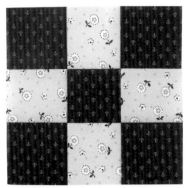

基本的布片

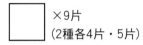

×9片
（2種各4片・5片）

裁成完成尺寸+1.5cm的方形。

拼縫方法及順序

先橫向連接，再縱向連接。

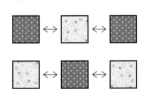
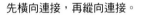
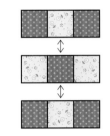

- -

雙重九宮格

（表）　　　　　　　　　（裡）

1/3

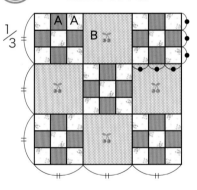

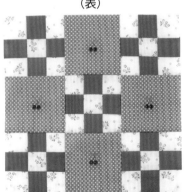
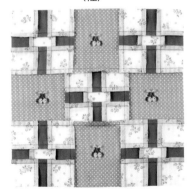

基本的布片

A ☐ ×45片
　　（2種各20片・25片）

B ☐ ×4片

A・B都裁成完成尺寸+1.5cm的
方形。

拼縫方法及順序

把九宮格的5片和4片布片依照
九宮格的縫法連接好。

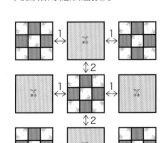

在交點用珠針固定

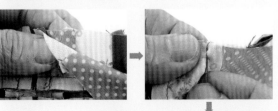

連接列與列時，交
點處依P.13的方法
先用手指壓緊再用
珠針固定。

15

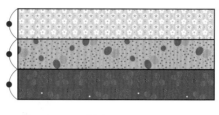

把細布條連接在一起就稱為
"布條拼縫"。

拼縫方法及順序

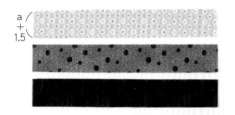

（表）

（裡）

a
＋
1.5

1 以完成尺寸a+1.5cm的寬度裁剪布條。

2 分別面對面地重疊並縫合，用熨斗熨燙，
使縫份都倒向同一側(參照P.12・13)。

（應用） **鐵路柵欄**

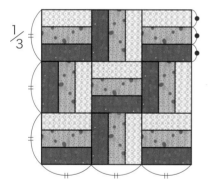

1/3

（表）

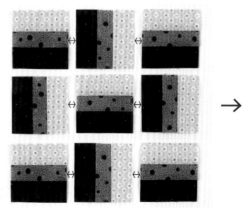

（裡）

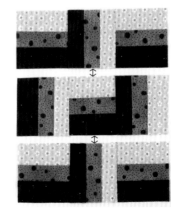

基本的布片

a

×9片

3a

以完成尺寸+1.5cm的寬度裁剪布條。把3片
相連的布條裁剪成3a+1.5cm(裁成正方形)。

拼縫方法及順序 先橫向連接，再縱向連接。

→

鐵路柵欄

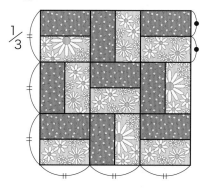

1/3

（表）

（裡）

基本的布片

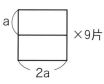

a

2a

×9片

以完成尺寸＋1.5cm的寬度裁剪布條。把2片
相連的布條裁剪成2a＋1.5cm（裁成正方形）。

拼縫方法及順序

先橫向連接，再縱向連接。

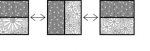

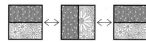

→

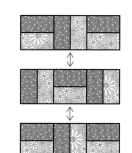

 布條拼縫

※與左頁鐵路柵欄的配色不同。

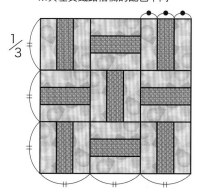

1/3

（表）

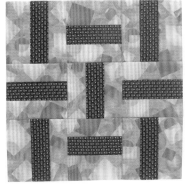

（裡）

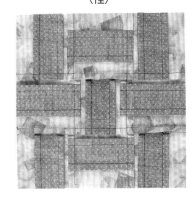

基本的布片

a

3a

×9片

以完成尺寸＋1.5cm的寬度裁剪布條。把3片
相連的布條裁剪成3a＋1.5cm（裁成正方形）。

拼縫方法及順序

先橫向連接，再縱向連接。

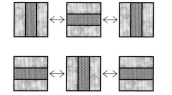

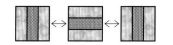

→

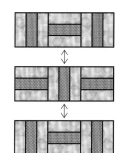

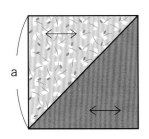

用2片等腰直角三角形拼縫成的
正方形區塊。布紋順著周圍。

（表）

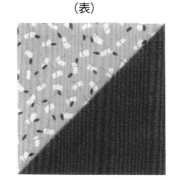

（裡）

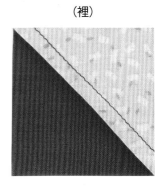

拼縫方法及順序

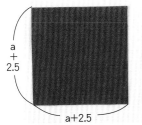

1 以完成尺寸a+2.5cm的寬度裁剪2種正方形布片。

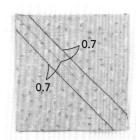

2 將**1**面對面地重疊，在其中一片布的裡側畫對角線，縫紉距離對角線0.7cm的兩側。

3 沿著**2**畫的對角線裁開。這樣就完成2片三角形拼縫a的區塊了。

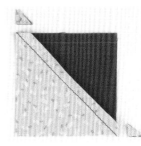

4 用熨斗熨燙，使縫份倒向深色布的那一側，剪掉凸出來的縫份。

一次做好很多三角形拼縫的方法

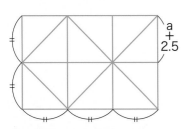

1 將2種布面對面地重疊，依上面的製圖在其中一片布的裡側畫線。
※a=完成尺寸

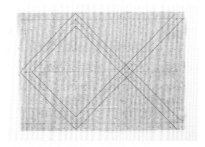

2 縫紉距離**1**的對角線0.7cm的兩側。

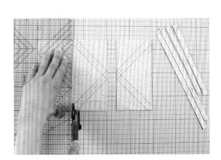

3 沿著**1**畫的所有線條裁開。完成12個三角形拼縫a的區塊了。之後與上述**4**相同。

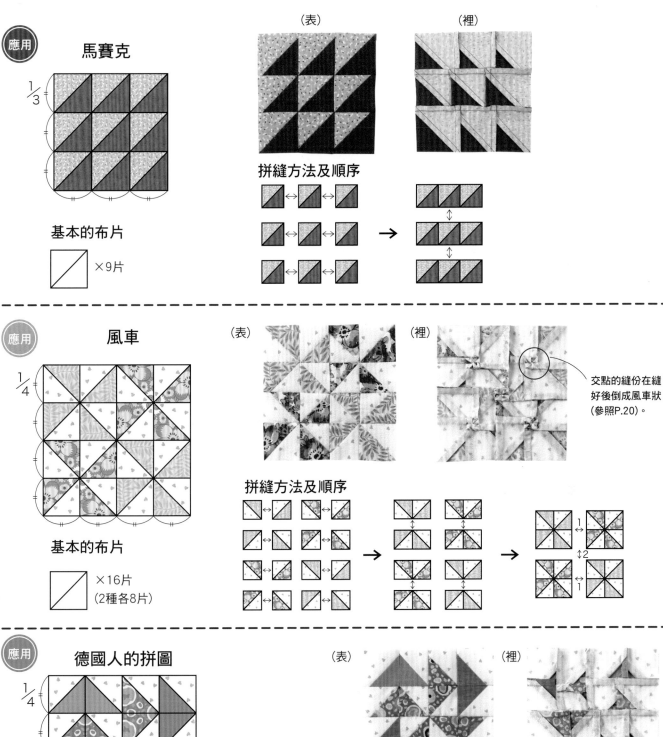

應用 馬賽克

1/3

基本的布片

☐ ×9片

拼縫方法及順序

→

應用 風車

1/4

基本的布片

☐ ×16片
（2種各8片）

交點的縫份在縫
好後倒成風車狀
（參照P.20）。

拼縫方法及順序

→　→

1
2
1

應用 德國人的拼圖

1/4

（表）　（裡）

基本的布片

☐ ×16片
（3種各4片·4片·8片）

拼縫方法及順序

→　→

1
2
1

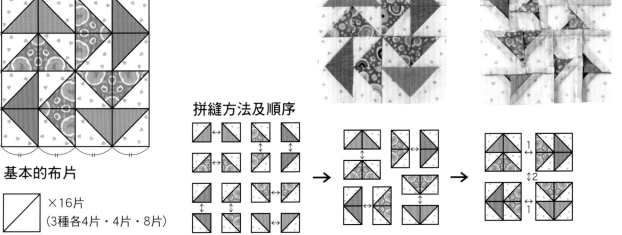

三角形拼縫b

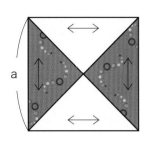

用4片等腰直角三角形拼縫成的正方形區塊。布紋順著周圍。

（表）　　　　　　（裡）

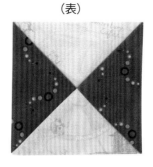

拼縫方法及順序　※**1~4**和P.18相同。只有**1**畫的尺寸不一樣。

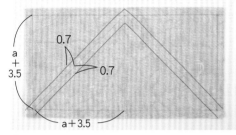

1 將2種布面對面地重疊，依圖中尺寸畫2個正方形及對角線，縫紉距離對角線0.7cm的兩側。

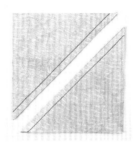

2 沿著**1**畫的線裁開。

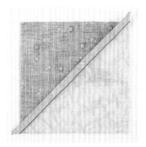

3 用熨斗熨燙，使縫份倒向深色布的那一側。

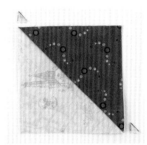

4 剪掉凸出來的縫份。

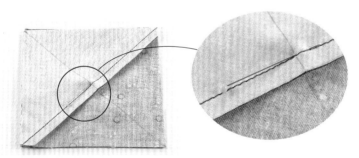

5 在1片**4**的裡側畫對角線，與沒畫的另一片面對面地重疊，在交點處用珠針固定。

6 縫紉距離**5**畫的對角線0.7cm的兩側。

7 沿著**5**畫的對角線裁開。

 應用

洋基拼圖

將4片三角形拼縫b依照四宮格的排列縫合(參照P.14)。
最後用手將中心交點的縫份攤開成風車的模樣。

（表）　　　　　　（裡）

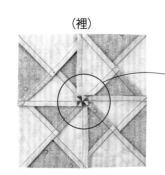

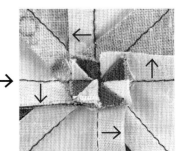

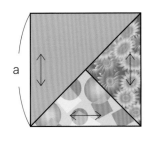

（表）　　　　　　　（裡）

用1片大的和2片小的等腰直角三角形拼縫成的正方形區塊。布紋順著周圍。

拼縫方法及順序　將1片三角形拼縫a和1片正方形布依照三角形拼縫b的方法縫合(參照P.18・20)。

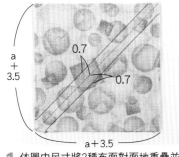

0.7
0.7
a+3.5
a+3.5

1 依圖中尺寸將2種布面對面地重疊並裁開，在其中一片布的裡側畫對角線，縫紉距離對角線0.7cm的兩側。

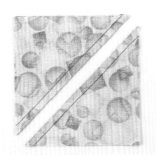

2 沿著**1**畫的對角線裁開。

3 用熨斗熨燙，使縫份倒向其中一側。

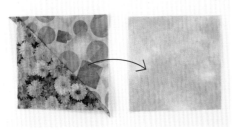

4 裁剪邊寬為完成尺寸a+2.5cm的正方形布，與1片**3**面對面地重疊。

5 畫對角線，縫紉距離對角線0.7cm的兩側。

6 沿著**5**畫的對角線裁開。剪掉凸出來的縫份。

 兩者只有配色不同而已，縫法都一樣。將4片三角形拼縫c依照四宮格的排列縫合，最後將中心交點的縫份攤開成風車的模樣(參照P.14・20)。

風車

（表）

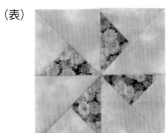

（裡）

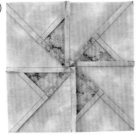

風車

（表）

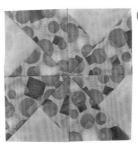

（裡）

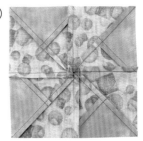

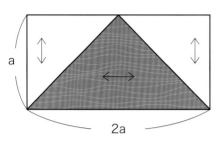

（表）

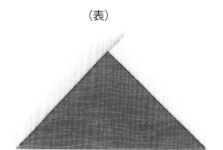

（裡）

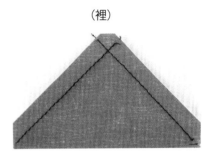

用1片大的和2片小的等腰直角三角形拼縫成的長方形區塊。

拼縫方法及順序

局部放大

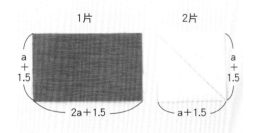

1片　2片

1 依圖中尺寸裁剪1片長方形及2片正方形布片。在正方形布片的裡側畫對角線。

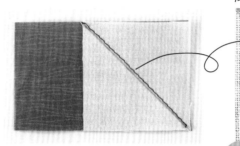

2 將1片正方形布面對面地重疊在長方形布上，沿著**1**畫的對角線縫紉。

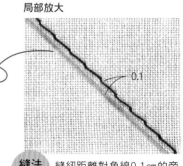

0.1

縫法要領 縫紉距離對角線0.1cm的旁邊。

這裡要對齊

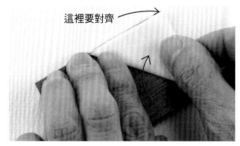

3 把正方形布翻開，使角部對齊並用熨斗燙平。

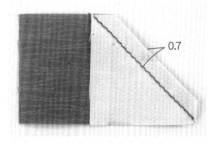

0.7

4 留下0.7cm的縫份，剪掉多餘的部分。

5 另一側也依照**2~4**的方法縫紉。

應用 飛雁

（表）　　　　　　　　　（裡）

拼縫方法及順序

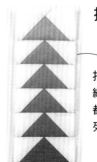

把6片三角形拼縫d連接成縱列，共準備3列，縫份都倒向同一側。然後再將列與列縫合。

三角形拼縫e

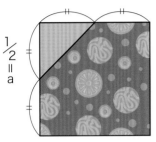

$\frac{1}{2}=a$

（表）

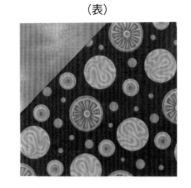

（裡）

拼縫方法及順序　參照P.22-**2~4**

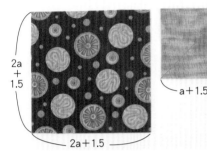

$2a+1.5$

$2a+1.5$

$a+1.5$

$a+1.5$

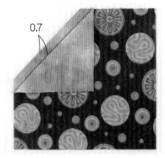

0.7

1 依圖中尺寸裁剪1片大的、1片小的正方形。在小正方形布片的裡側畫對角線。

2 將小正方形面對面重疊在大正方形上，沿著**1**畫的對角線縫紉。

3 留下0.7cm的縫份，剪掉多餘的部分。

- -

應用

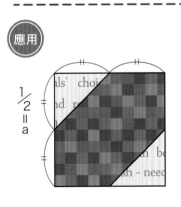

$\frac{1}{2}=a$

（表）

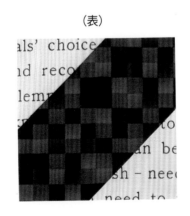

（裡）

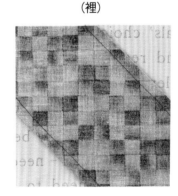

拼縫方法及順序　裁剪1片大的、2片小的正方形，依照上述三角形拼縫e的方法縫合。

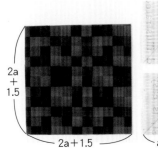

$2a+1.5$

$2a+1.5$

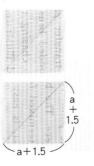

$a+1.5$

$a+1.5$

→

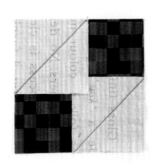

→

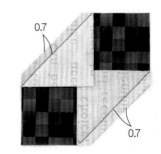

0.7

0.7

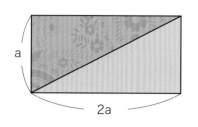

（表）

（裡）

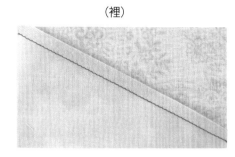

拼縫方法及順序

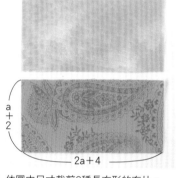

1 依圖中尺寸裁剪2種長方形的布片。

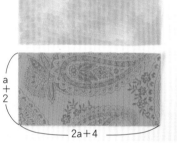

2 將**1**的2片都表面朝上地重疊。

（表）　（裡）　（表）

3 沿對角線裁剪**2**。

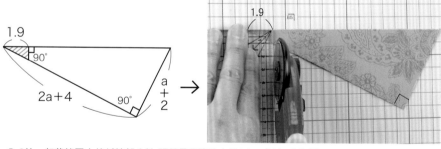

4 2片一起裁掉圖中的斜線部分(在距離最長邊的末端1.9cm處以90°裁剪)。

5 裁好後的模樣。

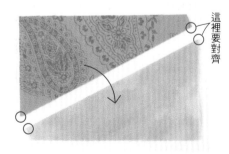

這裡要對齊

6 如圖所示確認配置，依箭頭方向面對面地重疊。

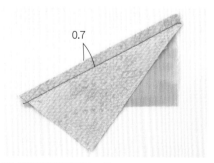

0.7

7 縫紉距離布邊0.7cm處。

8 用熨斗熨燙，使縫份倒向其中一側，剪掉凸出來的縫份。

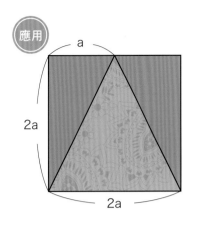

（表）

（裡）

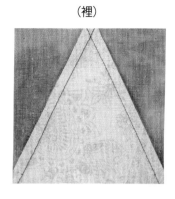

拼縫方法及順序

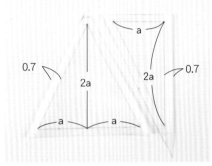

1 用厚的描圖紙製作添加0.7㎝縫份的紙型。

2 用錐子在完成線的每一個轉角鑽孔。

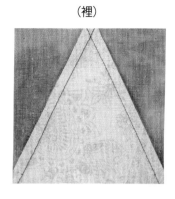

3 裁剪2a＋1.5㎝寬的布條，利用紙型畫上記號。

4 也在**2**鑽的孔上做記號。

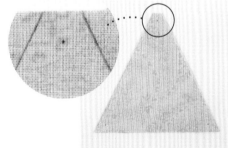

5 沿記號線裁剪布片。

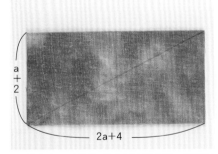

6 依圖中尺寸裁剪2片(同色)長方形。面對面地重疊，沿對角線裁剪，和**4**一樣在角落做記號。

7 使**5**和**6**面對面地重疊，使記號與記號對齊並用上珠針固定。

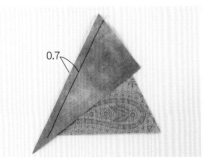

8 縫紉距離布邊0.7㎝處。

9 另外一側也依相同方法縫紉，剪掉凸出來的縫份。

25

九宮格及布條拼縫的隔熱手套，建議初次挑戰拼布的人可以
嘗試看看。請用配合自家廚房的氣氛挑選顏色。

基本縫法／*1*=第16頁、*2*=第14・15頁
製作方法／第66頁

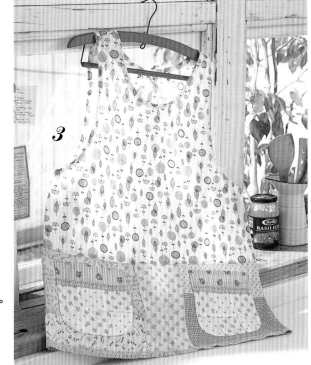

用四角形拼縫來裝飾圍裙的口袋。
領口和袖口都用斜紋布包起來。

基本縫法／第14頁
製作方法／第67頁

錢包與手提包的底部是摺疊式側身，所以不用時，側身也會俐落地集中在內側。

錢包上的圖案是馬賽克，手提包上的圖案是風車。用條紋布、圓點布和動物花紋布組合的三角形拼縫讓作品更有趣。

基本縫法／第18・19頁
製作方法／4=第68頁、5=第69頁

保特瓶袋的圖案是洋基拼圖。
內側加了保冷片，實用性超群。

基本縫法／第20頁
製作方法／第70頁

這裡要介紹一些可以利用P.14~25中的基本縫法組合的圖案。
只要改變配色和配置，就能營造出完全不同的印象，請多多嘗試。

夢中天橋

（表）　（裡）

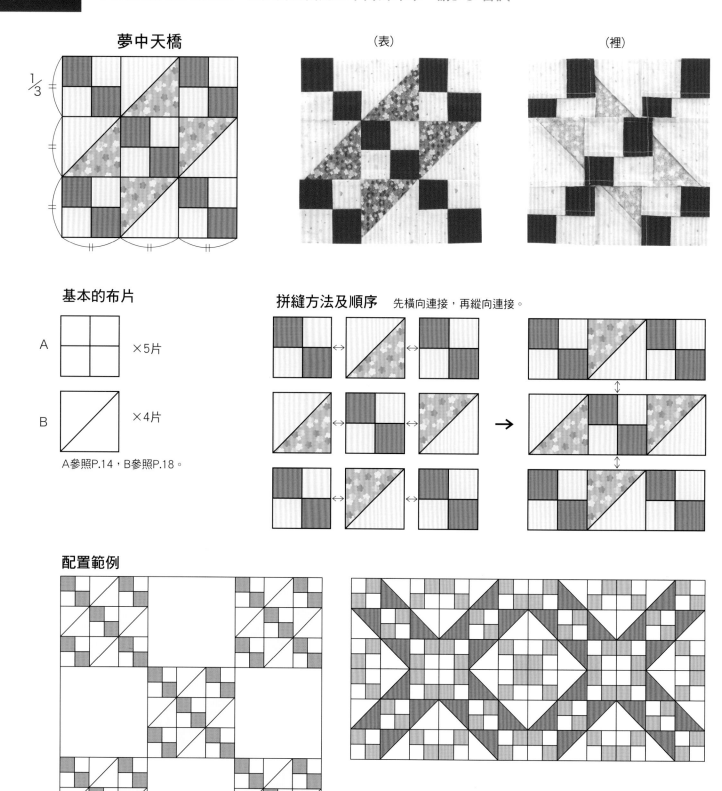

$\frac{1}{3}$

基本的布片

A ×5片

B ×4片

A參照P.14，B參照P.18。

拼縫方法及順序　先橫向連接，再縱向連接。

配置範例

十字路口的蝴蝶

$\frac{1}{5}$

（表）

（裡）

基本的布片

A　×9片
（中心用1片
底用4片
配色用4片）

B　×4片

C　×8片

A、B各邊都是完
成尺寸＋1.5cm。
C請參照P.18。

拼縫方法及順序

先拼縫4個區塊，再依照橫向、縱向的順序連接起來。

配置範例

混合 T

$\frac{1}{6}$

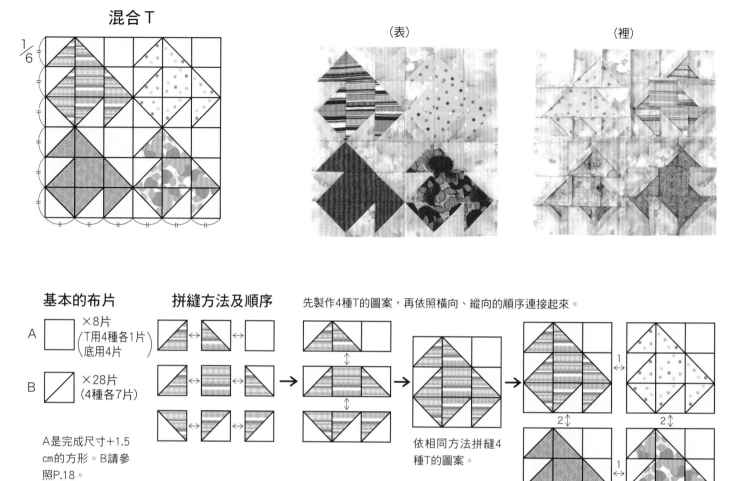

（表）　　　（裡）

基本的布片

A ☐ ×8片
（T用4種各1片
底用4片）

B ◺ ×28片
（4種各7片）

A是完成尺寸+1.5
cm的方形。B請參
照P.18。

拼縫方法及順序

先製作4種T的圖案，再依照橫向、縱向的順序連接起來。

依相同方法拼縫4種T的圖案。

配置範例

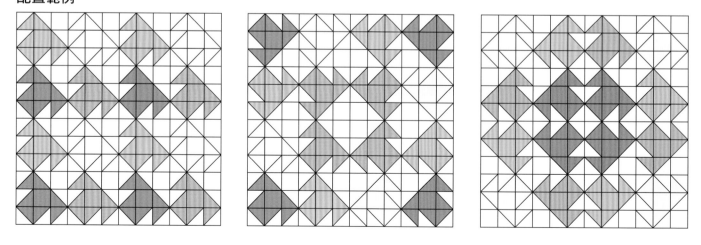

俄亥俄之星

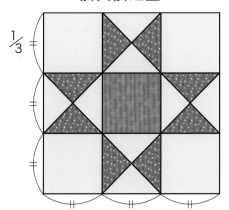

(表)

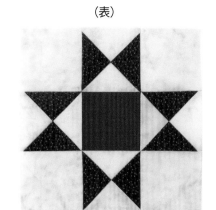

(裡)

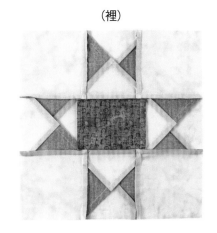

基本的布片

A □ ×5片
（中心用1片
底用4片）

B ⊠ ×4片

A是完成尺寸+1.5
cm的方形。B請參
照P.20。

拼縫方法及順序

先橫向連接，再縱向連接。

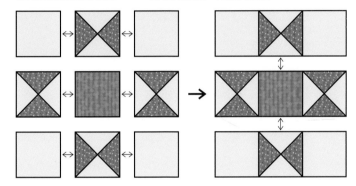

配置範例

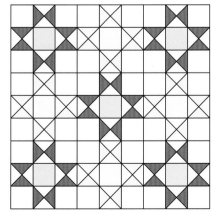

魔術卡片

(表)　　　　　　(裡)

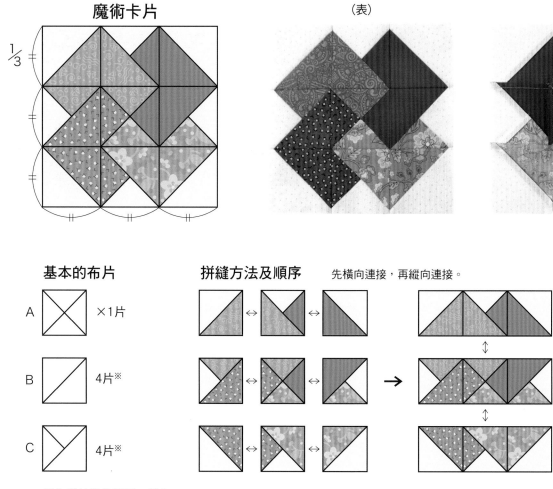

基本的布片

A	⊠	×1片
B	◹	4片※
C	⊡	4片※

※全部的配色都不一樣A
請參照P.20，B請參照
P.18，C請參照P.21。

拼縫方法及順序
先橫向連接，再縱向連接。

配置範例

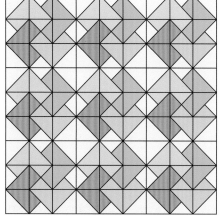

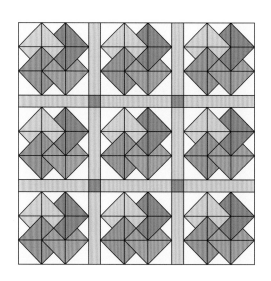

鴿子的足印

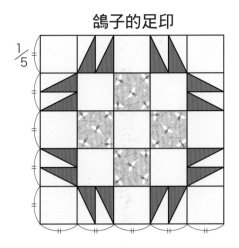

(表)

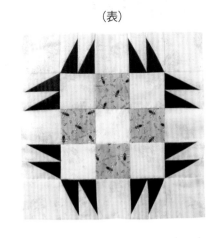

(裡)

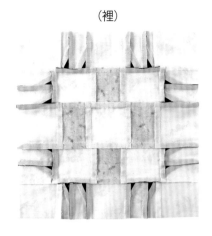

基本的布片

A　×17片
（配色用4片
　底用13片）

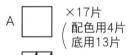
B　×4片

C　×4片

A是完成尺寸+1.5
cm的方形。B・C
請參照P.24。

拼縫方法及順序　　先橫向連接，再縱向連接。

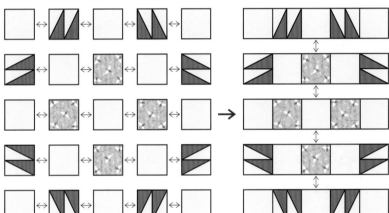

配置範例

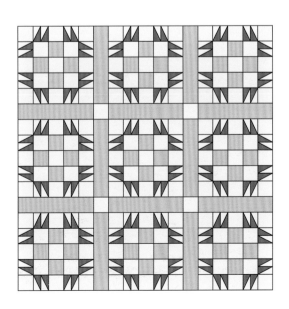

活動扳手

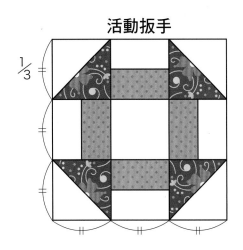

（表）

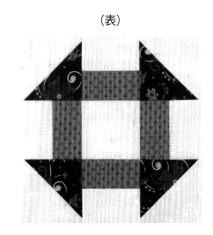

（裡）

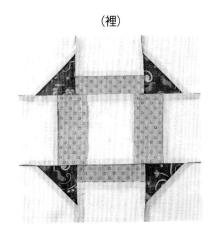

$\frac{1}{3}$

基本的布片

A  ×1片

B  ×4片

C 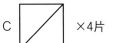 ×4片

A是完成尺寸+1.5cm的
方形。B請參照P.17，
C請參照P.18。

拼縫方法及順序　先橫向連接，再縱向連接。

  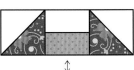

 →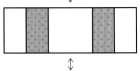

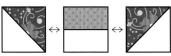 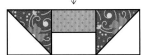

配置範例

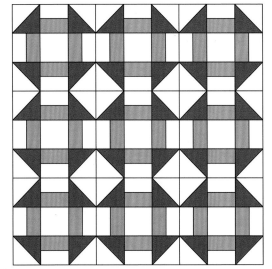

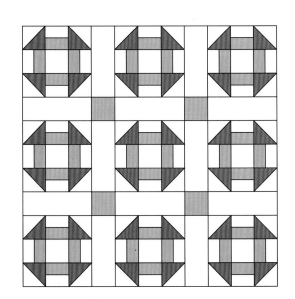

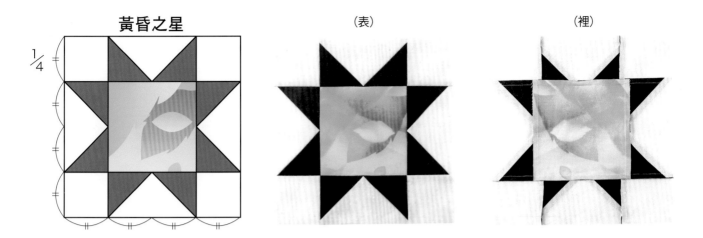

黃昏之星　　　　　　　　　　（表）　　　　　　　　　（裡）

$\frac{1}{4}$

基本的布片

A 　□ ×4片

B 　▽ ×4片

C 　□ ×1片

A,C是完成尺寸＋1.5cm
的方形。B請參照P.22。

拼縫方法及順序　　先橫向連接，再縱向連接。。

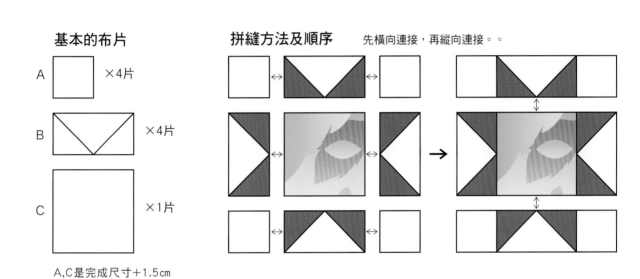

配置範例

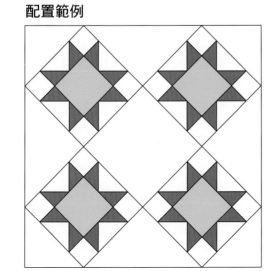

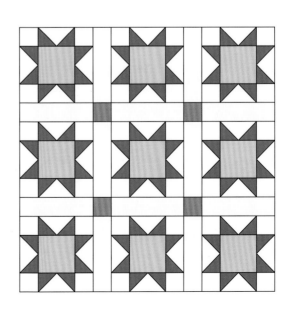

領結

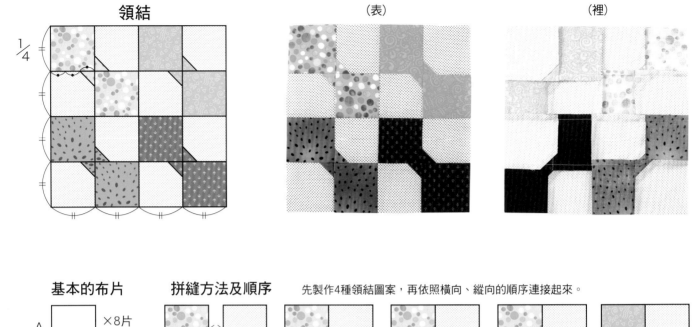

（表）　（裡）

基本的布片

A　□　×8片
（4種各2片）

B　□　×8片
（4種各2片）

A是完成尺寸＋1.5cm的
方形。B請參照P.23。

拼縫方法及順序

先製作4種領結圖案，再依照橫向、縱向的順序連接起來。

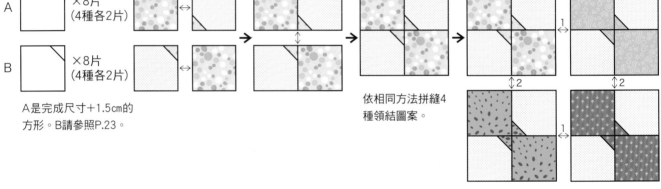

依相同方法拼縫4
種領結圖案。

配置範例

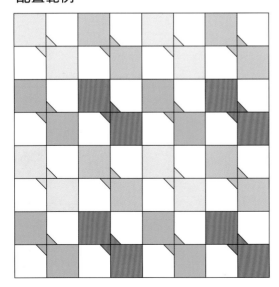

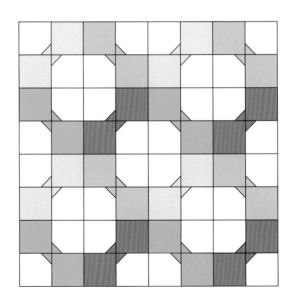

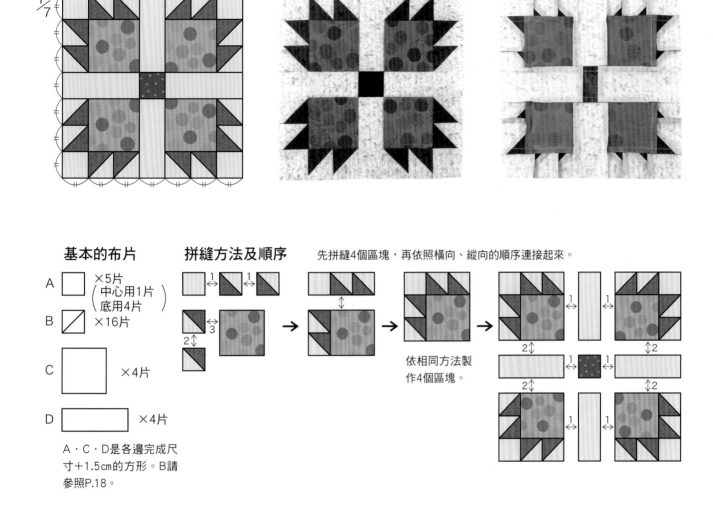

熊掌　　　　　　（表）　　　　　　（裡）

基本的布片

A　□　×5片（中心用1片 底用4片）

B　◸　×16片

C　□　×4片

D　▭　×4片

A・C・D是各邊完成尺寸＋1.5㎝的方形。B請參照P.18。

拼縫方法及順序

先拼縫4個區塊，再依照橫向、縱向的順序連接起來。

依相同方法製作4個區塊。

配置範例

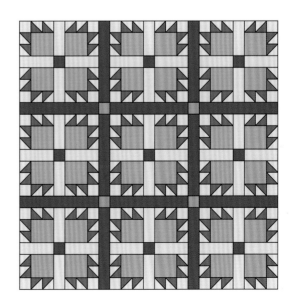

請先依照P.14~25的拼縫方法及P.6的三角形裁剪方法準備基本的布片。
熟悉之後就可以試著挑戰稍微複雜的圖案。

野雁的追逐

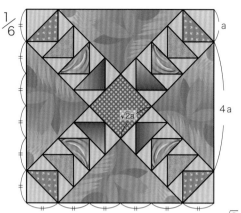

（表）

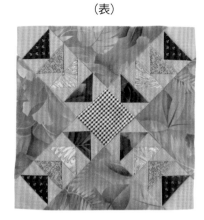

（裡）

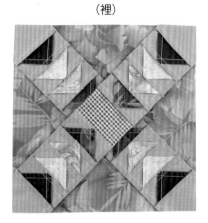

$\sqrt{2} ≒ 1.414$

基本的布片

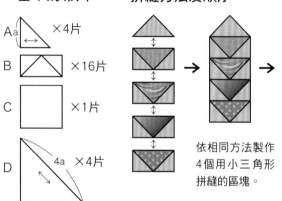

A a ×4片

B ×16片

C ×1片

D 4a ×4片

A是將a＋2.5cm的方形斜向裁成一半(參照P.6)。
B請參照P.22。C是√2a＋1.5cm的方形。
D是將4a＋3.5cm的正方形沿對角線裁成1/4(參照P.6)。

拼縫方法及順序

依相同方法製作
4個用小三角形
拼縫的區塊。

先斜斜地拼縫出3個區塊，再把區塊和區塊連起來。

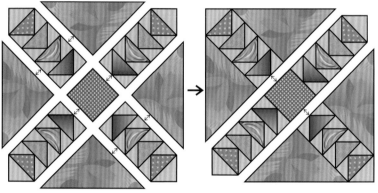

配置範例

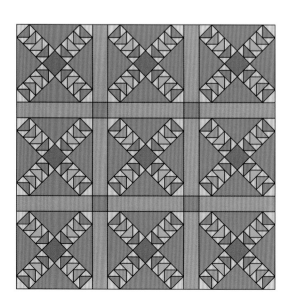

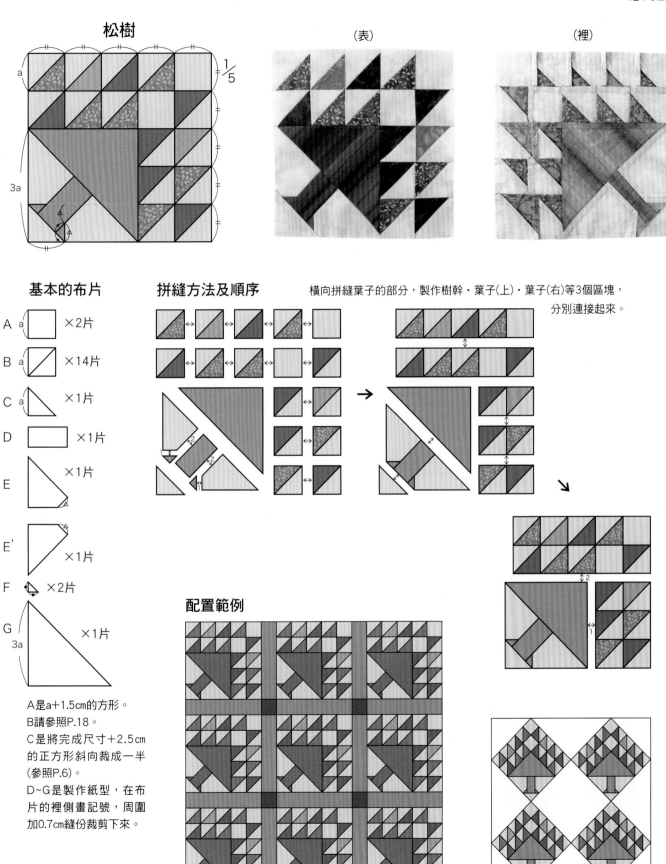

松樹

（表）　　　　　　　　（裡）

基本的布片

A　a □ ×2片

B　a ◻ ×14片

C　a ◺ ×1片

D　▭ ×1片

E　◺ ×1片

E'　◹ ×1片

F　◆ ×2片

G　3a ◿ ×1片

A是a+1.5cm的方形。
B請參照P.18。
C是將完成尺寸+2.5cm
的正方形斜向裁成一半
（參照P.6）。
D~G是製作紙型，在布
片的裡側畫記號，周圍
加0.7cm縫份裁剪下來。

拼縫方法及順序

橫向拼縫葉子的部分，製作樹幹・葉子(上)・葉子(右)等3個區塊，
分別連接起來。

配置範例

西洋棋盤

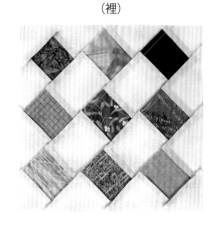

（表）　　　　　　　（裡）

$\frac{1}{6}$

a

$\sqrt{2}a$

2a

基本的布片

A　$\sqrt{2}a$　　×13片
（底用4片　配色用9片）

B　2a　×8片

C　a　×4片

A是$\sqrt{2}a$＋1.5cm的方形。
B是將2a＋3.5cm的正方形沿對角線裁成1/4(參照P.6)。
C是將a＋2.5cm的正方形斜向裁成一半(參照P.6)。

拼縫方法及順序

先斜斜地拼縫列，再把列與列連接起來。

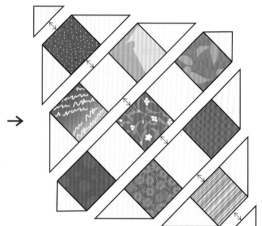

→

配置範例

線軸　　　　　　　（表）　　　　　　　　（裡）

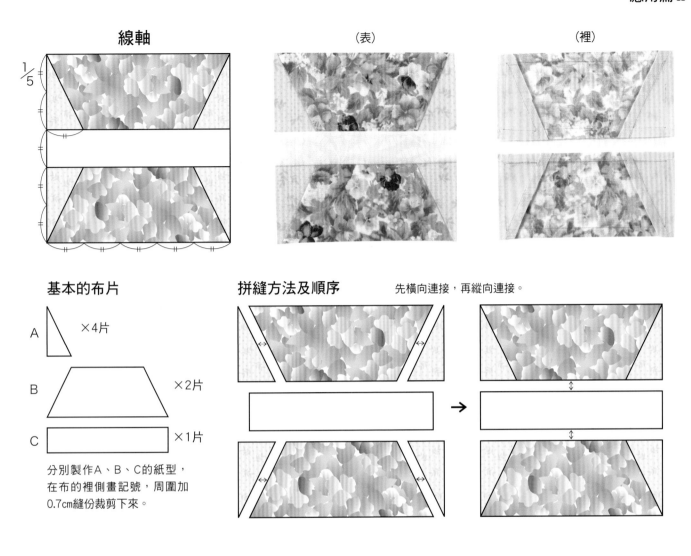

1/5

基本的布片

A　×4片

B　×2片

C　×1片

分別製作A、B、C的紙型，
在布的裡側畫記號，周圍加
0.7cm縫份裁剪下來。

拼縫方法及順序　　先橫向連接，再縱向連接。

配置範例　　※如果在中心的長方形(name的部份)加入簽名或刺繡，就形成了所謂的「簽名拼布」。

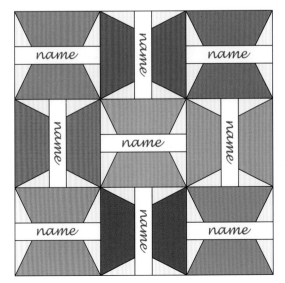

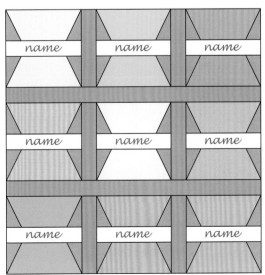

7

束口包上的裝飾是8個相連的黃昏之星圖案。
用各種不同花色的布拼縫成色彩繽紛的可愛束口包。

圖案的縫法／第35頁
製作方法／第71頁

在手提包上加入1片喜歡的圖案吧！
用先染布與藍染布的組合表現成熟的氣氛。
袋口大大的，還可以背在肩上，非常便利。

圖案的縫法／第32頁
製作方法／第72頁

8

把拼布圖案放進自己喜歡的畫框裡做成擺飾。
第41頁介紹的線軸圖案
因為用了花朵印花布來拼縫，
顯得很可愛，但即使是相同的圖案，
只要可以改變布的印花，
就能營造出摩登的印象。

圖案的縫法／第41頁
製作方法／第73頁

玄關踏墊上用了很像熊腳印的熊掌圖案，
6片併排在一起。
布也選擇看起來很像熊腳印的褐色系。
肉墊的部分只要縮小壓線的寬度就會很像。

圖案的縫法／第37頁
製作方法／第73頁

縫到止縫位置即可的圖案 **1** 六角形

先拼縫成花形再做貼布繡的方法

★縫法要領
· 從中心的布片開始連接成同心圓的形狀。
· 各邊都從記號縫到記號。
· 起針及收針都要回針縫。
· 把縫份攤開。

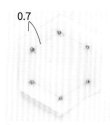

0.7

1 用P.46的實物大紙型在厚的描圖紙上畫出形狀，周圍加上0.7cm縫份裁剪下來。用錐子在完成線的角落鑽孔。

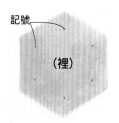

記號

(裡)

2 使用**1**或P.7的方法加上縫份裁剪中心用布1片及3種印花布各6·12·18片，利用**1**在各布片的裡側畫記號。

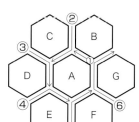

3 在中心布片A的周圍依數字順序縫上B~G布片。

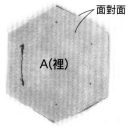

面對面

A(裡)

4 使布片A與B面對面地重疊，從記號縫到記號。起針及收針都要回針縫。

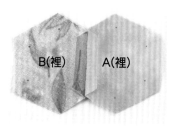

B(裡) A(裡)

5 把縫份攤開並用熨斗燙平。

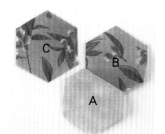

C B A

6 將布片C與**5**連接。依照步驟**7**~**9**縫合2個邊。

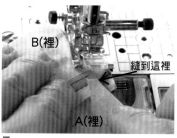

B(裡) 縫到這裡 A(裡)

7 使布片B與C面對面地對齊，從記號縫到記號。起針及收針都要回針縫。

8 縫到角落時，在車針插著布的狀態下提起壓布腳，將布片轉向。

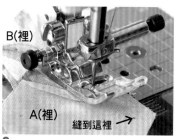

B(裡) A(裡) 縫到這裡

9 把布片B摺起來，對齊布片A與C的邊，從記號縫到記號。

10 完成布片C與**5**的拼縫了。

11 把縫份攤開並用熨斗燙平。

12 依相同方法在拼縫成花形的紫色布片周圍依序再連接12片黃色及18片花朵印花布片。

13 用熨斗將周圍的縫份往內摺。如圖所示，先依紅色箭頭方向摺，再依藍色箭頭方向摺，完成後就會更漂亮。

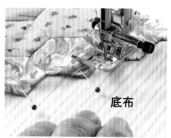

底布

14 用珠針將**13**固定在底布上，以縫紉機的暗針縫(盲縫)縫合。

15 角落都要縫一針，完成後會比較漂亮。先算好針是以幾目往左移動，快到轉角時就調整縫目的長度。

將列與列縫合的方法

★縫法要領
· 先縫好所有的橫列，再拼縫列與列之間
· 各邊都從記號縫到記號。
· 起針及收針都要回針縫。
· 縫份最後再一併壓倒並燙平。

（表）　（裡）

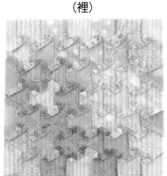

記號

面對面

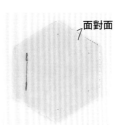

1 和P.44的**1**、**2**一樣，先裁好各布片並在裡側畫記號。

2 使橫向相鄰的2片布片面對面地重疊，從記號縫到記號。起針及收針都要回針縫。

3 右上端起的第1片和第2片連接好了。依相同方法橫向拼縫一列。

（表）

（裡）

4 完成最上一列的橫向拼縫了。縫份最後才要處理，所以這個階段不須熨燙。

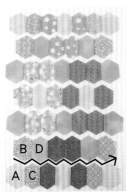

5 拼縫好所有的橫列了。接著按照箭頭順序面對面地重疊並縫合每一個邊，由下而上依序拼縫列與列（縫法參照**6~9**）。

B D
A C

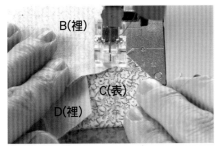

B(裡)
C(表)
D(裡)

6 使**5**的布片A與B面對面地對齊，從記號縫到記號。

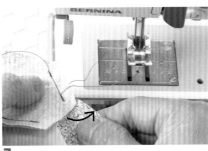

7 暫時提起針，不要剪斷線，依箭頭方向對齊下一個邊(布片B與C)。

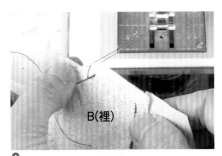

B(裡)

8 使布片B與C的布邊對齊。

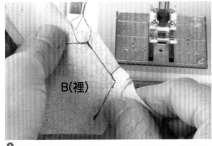

B(裡)

9 將**8**從記號縫到記號，把線拉出來。接著縫合布片C與D。依照**5**的箭頭順序用同樣方法對齊並縫合各個邊，使列與列連接在一起。

10 連接好所有的列之後，從裡側壓倒縫份並用熨斗燙平。

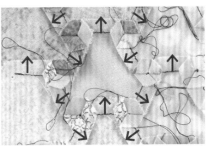

11 將角落的縫份攤開，依箭頭記號使各邊的縫份倒成風車狀。

嬰兒積木

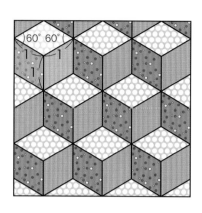

（表）

（裡）

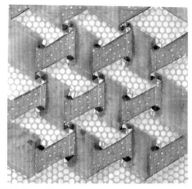

用銳角等於60°，可將正六角形分成三等分的淺色・中間色・深色3種菱形布片像堆積木那樣做出立體的配色。

拼縫方法及順序

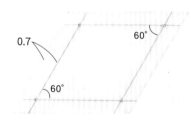

1 用實物大紙型在厚的描圖紙上畫出形狀，周圍加上0.7cm縫份裁剪下來。用錐子在完成線的角落鑽孔。

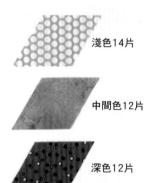

淺色14片

中間色12片

深色12片

2 使用**1**或P.7的方法裁剪加上縫份的布片。

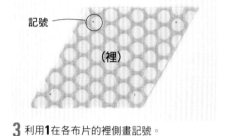

記號

（裡）

3 利用**1**在各布片的裡側畫記號。

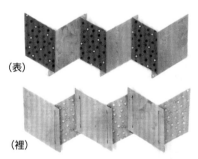

（表）

（裡）

4 依照P.45中**2**~**4**的方法將深色及中間色的布片交互拼縫。

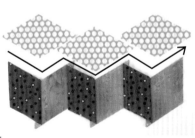

5 面對面地在**4**上重疊淺色布片，依箭頭順序面對面地重疊並縫合每一個邊（縫紉方法參照P.45的**6**~**9**）。

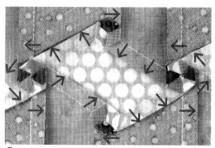

6 連接好每一列之後，從背面壓倒縫份並燙平（參照P.45的**10**、**11**）。照片中已剪掉多餘的線。

實物大紙型

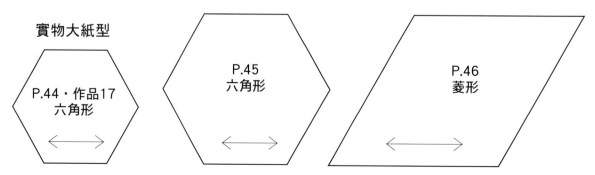

P.44・作品17
六角形

P.45
六角形

P.46
菱形

檸檬星

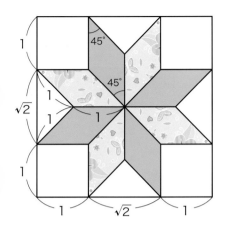

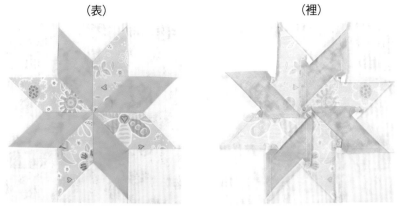

（表）　　　　　　（裡）

用8片銳角45°的菱形、4片正方形和4片等腰直角三角形組合成的星形圖案。

拼縫方法及順序

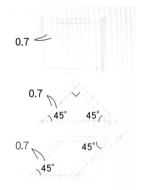

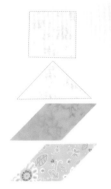

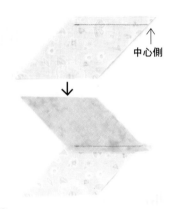

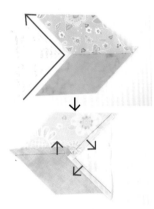

1 用實物大紙型在厚的描圖紙上畫出形狀，周圍加上0.7cm縫份裁剪下來。用錐子在完成線的角落鑽孔。

2 使用**1**或P.5~7的方法裁剪加上縫份的4片正方形、4片等腰直角三角形和2種菱形各4片。在布片裡側畫上點記號。

3 使2片菱形(不同花色)面對面地重疊，從鈍角的記號開始先回針縫再起針，中心側縫到布邊為止。使縫份倒向其中一側。

4 分別使三角形的每一邊面對面地與**3**對齊並縫合，從裡側使縫份如圖般倒下並用熨斗燙平(參照P.45的**6~11**)。

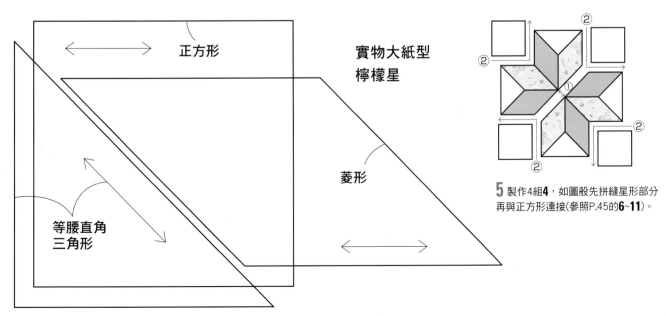

正方形

實物大紙型
檸檬星

菱形

等腰直角
三角形

5 製作4組**4**，如圖般先拼縫星形部分再與正方形連接(參照P.45的**6~11**)。

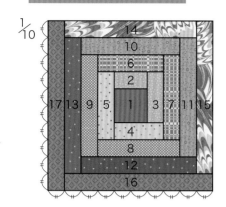

1/10

（表）

（裡）

拼縫方法及順序（製作每邊20cm的正方形圖案時）

讓線超出1cm左右

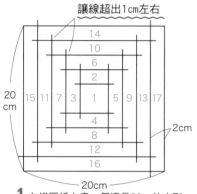

20cm

20cm

2cm

1 在描圖紙上畫一個邊長20cm的方形外框，把每邊分成10等分，邊旋轉紙張邊畫出如上圖般的縫線和縫紉順序。

2 依右表以加上縫份的尺寸（完成尺寸＋1.5cm）裁剪1~17號布條。

1（中心布）

綠色系　褐色系

2~17 布條的長度（單位：cm）

	淺（綠色系）	深（褐色系）
第1圈	2=5.5	4=7.5
	3=7.5	5=9.5
第2圈	6=9.5	8=11.5
	7=11.5	9=13.5
第3圈	10=13.5	12=15.5
	11=15.5	13=17.5
第4圈	14=17.5	16=19.5
	15=19.5	17=21.5

1 中心布=5.5×5.5

2~17 布條寬度（共通）=3.5

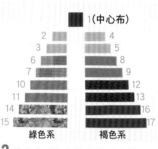

3 在中心布（裡）的縫份上塗布用口紅膠（參照P.2）。

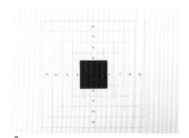

4 在1的表側（沒畫線和數字的那一面）貼上中心布（1號布）。

5 和3一樣在2號側邊的縫份上塗口紅膠。

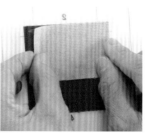

6 把2號布面對面地貼在5上。

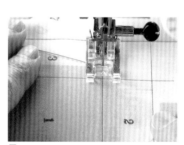

7 把6翻到裡側，用縫紉機縫紉1與2之間的縫線。

8 如圖般從布邊開始縫，縫到另一側的布邊為止。起針及收針都不要回針縫。

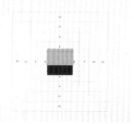

9 縫好1與2之間的縫線時（表側）。

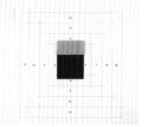

10 把2號布翻回表面。

11 和5一樣在3號側邊的縫份上塗口紅膠。

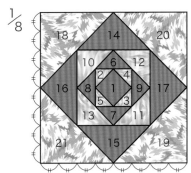

1/8

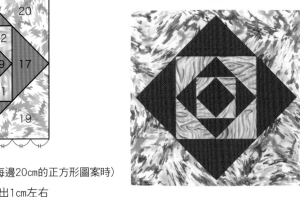

(表)　　　　　　(裡)

拼縫方法及順序(製作每邊20cm的正方形圖案時)

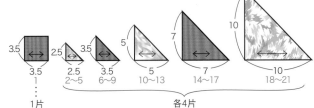

讓線超出1cm左右

1 在描圖紙上畫一個邊長20cm的方形外框，把每邊分成8等分，如左圖般畫出縫線和縫紉順序。

3.5 ↔ 3.5　1片⋮1片

2.5 ↔ 2.5　2~5

3.5 ↔ 3.5　6~9

5 ↔ 5　10~13

7 ↔ 7　14~17

10 ↔ 10　18~21

各4片

2 依上圖所示，以加上縫份的尺寸(完成尺寸+1.5cm)裁剪1~21號布條(裁剪方法參照P.5・6)。

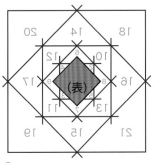

3 在中心布(1號布)的縫份上塗布用口紅膠，貼在**1**的表側(參照P.48-**3**、**4**)。

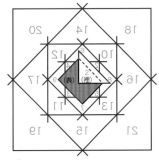

4 面對面地重疊並縫上2號布(參照P.48-**5**~**9**)。

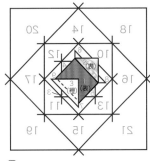

5 翻開2號布，依序在對角線上面對面地重疊3號・4號・5號…布片。最後將描圖紙撕除。

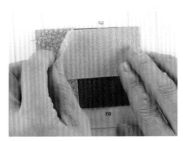

12 面對面地將3號布貼在**11**上。

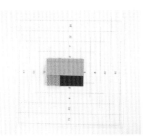

13 縫好與3之間的縫線時(表側)。

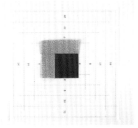

14 將3號布翻回表面。依相同方法一直縫合至17號。

※最後將描圖紙撕除。

49

迷你壁飾上的貼布繡是用六角形布片拼縫
的花籃。做好六角形的製圖後先用色鉛筆
著色再裁下布片，然後再縫合就好了。
壓倒縫份時要小心使用熨斗喔！

圖案的縫法／第44・45頁
製作方法／第74頁

12

家用攜帶都方便的裁縫工具包。
表側使用玫瑰花園的圖案，
內側附有針插和口袋。

圖案的縫法／第49頁
製作方法／第76頁

13・14

小木屋圖案用對比色的2種布拼縫，
讓作品更有層次感。
兩者都是小物，所以讓布條的寬度窄一點，
再加上蕾絲，看起來更可愛。

圖案的縫法／第48頁
製作方法／13=第76頁、14=第75頁

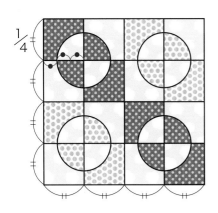

（表）

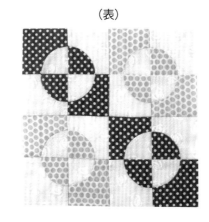

（裡）

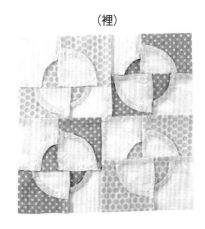

拼縫方法及順序

1 用P.53的實物大紙型在厚的描圖紙上畫出形狀，周圍加上0.7cm縫份裁剪下來。如圖般用錐子在對齊記號上鑽孔。

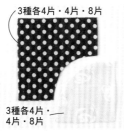

3種各4片·4片·8片

3種各4片·4片·8片

2 利用**1**裁剪加上縫份的布片。

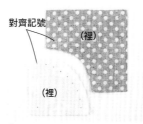

對齊記號

（裡）

（裡）

3 利用**1**在各布片的裡側做記號。

4 使**3**的2片面對面地重疊，依照對齊記號的兩端、中央、再中央…的順序插上珠針固定。最後使布邊相互對齊，在縫份處也插珠針固定（參照圖中的藍色珠針）。

5 就這樣插著珠針，從布邊開始慢慢縫。不需要回針縫。

6 縫好1/4圓的弧形了。使縫份倒向深色布那一側（參照右上方成品圖的裡側）。

7 依相同方法製作16片1/4圓的布片（4種各4片）。

8 邊確認配色邊4片一組地拼縫**7**（圖中為左上的4片）。

9 將2片**8**的上段面對面地依箭頭方向重疊，使弧形的布邊相互重疊並插上珠針固定，用縫紉機縫合。

10 **8**的下段也依相同方法縫合。

11 將**10**的上下段縫合，把縫份倒向另一側並用熨斗燙平。

12 依相同方法縫好4個圓的區塊，然後再相互縫合。

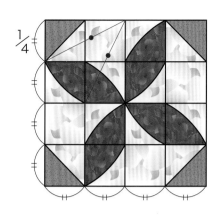

(表)

(裡)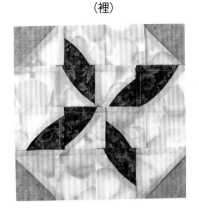

基本的布片

A  ×4片

B  ×4片

C 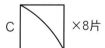 ×8片

A是完成尺寸＋1.5cm的方形。
B請參照P.18。C請參照
P.52(複印下面的實物大紙型
來做紙型)。

拼縫方法及順序

先橫向連接，再縱向連接。

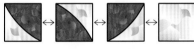

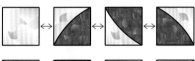

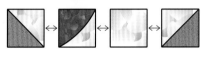

→

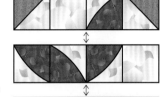

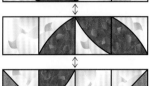

實物大紙型(製作每邊24cm的方形圖案時)

※如果想要自己決定圖案的尺寸，就用圓規自己畫(參考P.52・53左上圖的等分割記號●)。

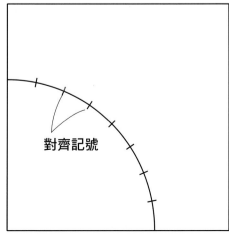

對齊記號

P52 雪球

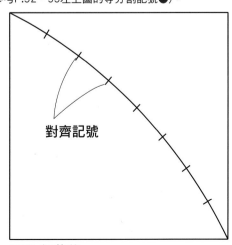

對齊記號

P52 銀蓮花(基本的布片C)

夏威夷拼布

先用雙面接著紙襯貼上不加縫份的貼布繡用布，
再用縫紉機的鋸齒縫貼縫周圍。

拼縫方法及順序（製作每邊約40cm左右的方形圖案時）

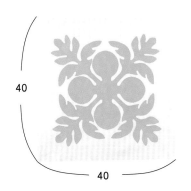

40

40

紙面

有膠面

1 準備每邊40cm左右的方形雙面接著紙襯。

中心線

2 在**1**的紙面上描畫P.79中實物大紙型的1/4區塊。

貼布繡用布

3 準備每邊40cm左右的方形貼布繡用布，裡側與**2**的有膠面相對，用熨斗熨燙貼合。

4 把**3**摺成1/4大小，圖案須在上側，用上珠針固定，以免滑動。

5 用剪刀沿著**2**畫的線裁剪。

6 剪好貼布繡的布片了。

底布

7 把底布摺成1/4大小，用力壓出摺痕後攤開。

8 把**6**裡側的紙全部撕除。

9 使**7**與**8**的中心及中心線相互對齊，用熨斗熨燙貼合。

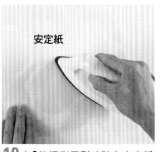

安定紙

10 在**9**的裡側用熨斗貼上安定紙（這樣會比較容易車縫，且完成後更漂亮）。

安定紙

底布

11 這樣就完成用縫紉機縫紉前的準備工作了。

12 選擇縫紉機的鋸齒縫功能，從接近直線的線條開始縫，不須回針縫。

13 周圍都縫完之後，繼續往前縫，結束時與起針重疊約5cm。

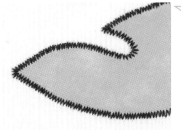

14 鋸齒縫的貼布繡。最適振幅為2.0mm，最適縫目（推進）長度為0.4mm左右。

※為了讓讀者容易了解，這裡特別改用紅色的線。實際製作時，請使用與貼布繡的布同顏色的線。

※步驟**10**貼在裡側的安定紙請在縫好貼布繡之後撕除。

花與葉

分別將貼布繡圖案縫成袋狀後翻回表面，
再用縫紉機的暗針縫(盲縫)貼縫。

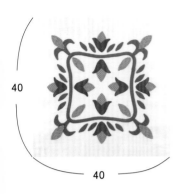

40

40

拼縫方法及順序(製作邊長約40cm的正方形圖案時)

A 4片 B4片 C 4片 D16片 E8片 F 8片

中心側 ↓

暗針縫針法

1 用厚的描圖紙複寫實物大紙型的圖案並裁剪下來，製作不含縫份的紙型。把需要的片數也寫在紙型上。

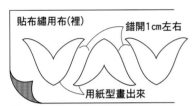

貼布繡用布(裡) 錯開1cm左右
用紙型畫出來

2 準備3種貼布繡用布，把**1**分別畫出來。以1cm的間隔錯開，將所需片數全都畫出來。

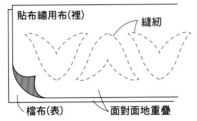

貼布繡用布(裡) 縫紉
檔布(表) 面對面地重疊

3 使**2**與檔布(薄的布)面對面地重疊，用縫紉機沿著**2**的線縫紉。

貼布繡用布(裡)
0.4cm縫份

4 加上0.4cm的縫份裁剪**3**。

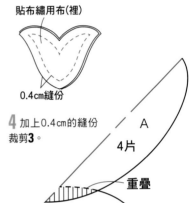

A 4片

重疊

B 4片

重疊

※彎曲較急的部分就用熨斗整燙，把形狀做出來(參照P.59)。

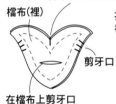

剪牙口至虛線邊緣
檔布(裡)
剪牙口
在檔布上剪牙口並做出翻口

5 用剪刀剪牙口，並在檔布上剪出翻口。縫份上也要剪牙口。翻回表面。

把圖案複寫在底布上
用縫紉機做貼布繡

6 用熨斗在底布的裡側貼上安定紙，將圖案複寫於表側，用縫紉機以暗針縫縫上**5**。圖案有重疊時就先縫較底層的布片。

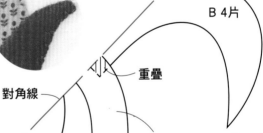

對角線

C 4片

實物大紙型

藤(斜紋布)完成後寬度為1cm

D 16片

D

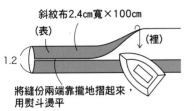

斜紋布2.4cm寬×100cm
(表) (裡)
1.2
將縫份兩端靠攏地摺起來，用熨斗燙平

7 藤的部分如上圖般製作1.2cm寬的斜布條，像是沿著圖案曲線伸展般地用熨斗熨燙，變成1cm寬。

中心

F

重疊

F E

中心線

重疊

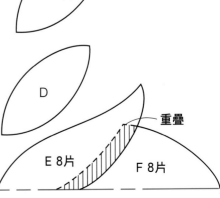

E 8片 F 8片

重疊

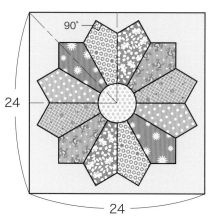

把圖案放在底布上,用縫紉機貼縫,完成後的模樣很像是把
P.44的六角形拼縫做成貼布繡的感覺。最後依相同方法縫上中心的圓。

拼縫方法及順序(製作邊長約24cm的正方形圖案時)

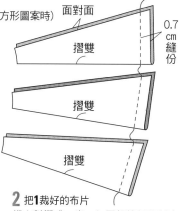

1 用厚的描圖紙複寫P.57實物大紙型的梯形圖案,周圍加上0.7cm縫份裁剪下來。利用這個紙型裁剪12片含縫份的布片。

2 把**1**裁好的布片縱向對摺成一半,如圖般縫紉距離末端0.7cm處。不要回針縫並且連續地縫,這樣比較快。

3 把**2**一個一個剪開。

4 打開**3**並使縫目的線位於中心,攤開縫份,用熨斗燙平。

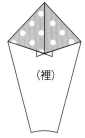
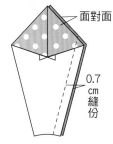
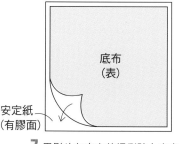

5 將**4**翻回表面,此時裡側會像上圖這樣。依相同方法處理其他布片。

6 分別將**5**面對面地重疊,縫紉距離布邊0.7cm處,把所有的布片連接成圓形。讓縫份倒向其中一側。

7 用熨斗在底布的裡側貼上安定紙(安定紙在做好貼布繡之後會撕除)。

8 把**6**放在**7**上,用珠針固定,用縫紉機的暗針縫(盲縫)將周圍縫合(參照P.44-14・15)。

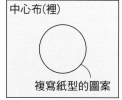
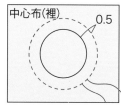
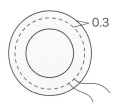

9 用厚的描圖紙複寫P.57實物大紙型的圓形圖案(不加縫份)並剪下來,在中心布上複寫這條線。

10 用縫紉機縫紉距離**9**畫的線0.5cm的外側(把上線調鬆一點或是把縫目的長度調大一點)。

11 剪掉**10**距離縫目0.3cm的外側。

12 置入紙型,把上線或下線拉緊並調整形狀。用熨斗熨燙使縫份出現摺痕,取出紙型。

13 最後用珠針把**12**固定在**8**的中心,和**8**一樣貼縫周圍。

（表）　　　　　　　　　　（裡）

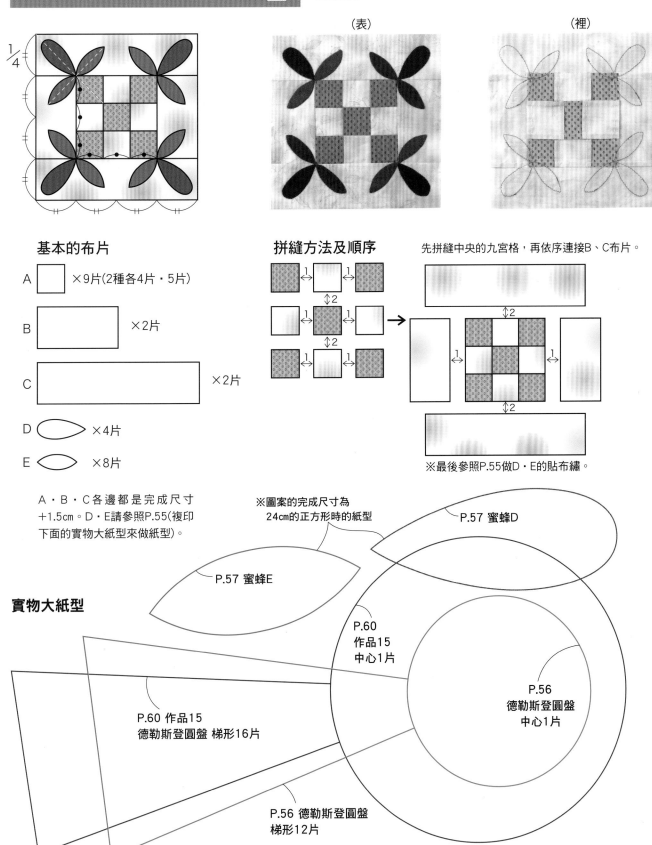

1/4

基本的布片

A □ ×9片(2種各4片・5片)

B ▭ ×2片

C ▭ ×2片

D ⬭ ×4片

E ⬯ ×8片

A・B・C各邊都是完成尺寸
+1.5cm。D・E請參照P.55(複印
下面的實物大紙型來做紙型)。

拼縫方法及順序

先拼縫中央的九宮格，再依序連接B、C布片。

※最後參照P.55做D・E的貼布繡。

※圖案的完成尺寸為
24cm的正方形時的紙型

P.57 蜜蜂D

P.57 蜜蜂E

實物大紙型

P.60
作品15
中心1片

P.56
德勒斯登圓盤
中心1片

P.60 作品15
德勒斯登圓盤 梯形16片

P.56 德勒斯登圓盤
梯形12片

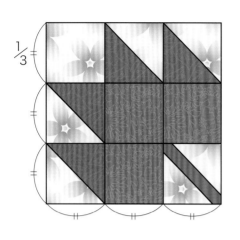

（表）

（裡）

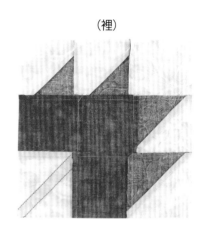

基本的布片

A ×4片

B ×4片
（底用1片
配色用3片）

C ×1片
先做好貼布繡

A請參照P.18。
B是完成尺寸＋1.5cm的方形。
C請參考下述內容。

拼縫方法及順序　先橫向連接，再縱向連接。

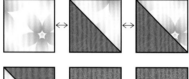

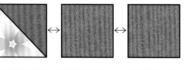

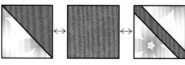

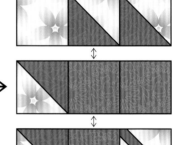

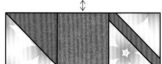

★楓葉莖部的貼布繡方法

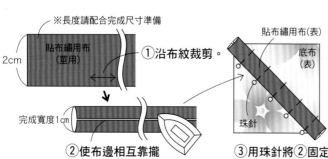

※長度請配合完成尺寸準備

貼布繡用布
（莖用）

2cm

①沿布紋裁剪。

完成寬度1cm

②使布邊相互靠攏
並用熨斗燙平。

貼布繡用布（表）

底布（表）

珠針

③用珠針將②固定
在底布上。

貼布繡

④用縫紉機貼縫。
（參照P.44）

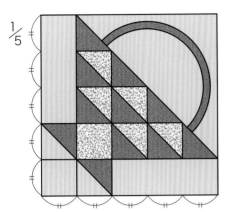

（表）

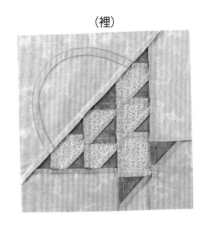

（裡）

基本的布片

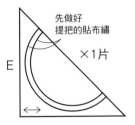

A ⟷ ×4片

B ◣ ×7片
（2種各5片・2片）

C □ ×1片

D ▭ ×2片

E 先做好
提把的貼布繡
×1片

A・E是將完成尺寸
＋2.5cm的正方形斜裁成
一半(參照P.6)。B請參
照P.18。C・D各邊都是
完成尺寸＋1.5cm。

拼縫方法及順序

先拼縫橫列，再連接籃子的部分，最後連接E布片。

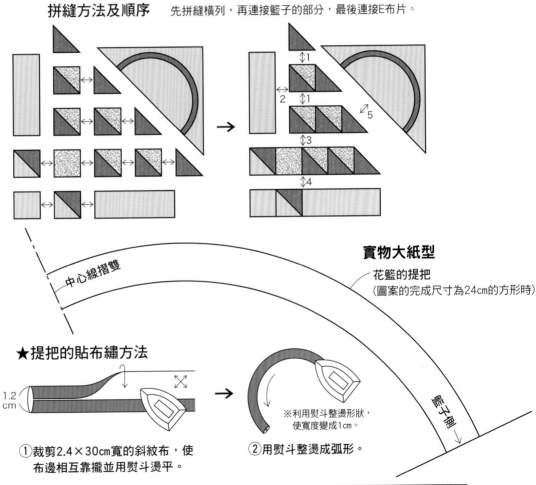

實物大紙型

花籃的提把
（圖案的完成尺寸為24cm的方形時）

中心線摺雙

籃子側

★提把的貼布繡方法

1.2cm

①裁剪2.4×30cm寬的斜紋布，使
布邊相互靠攏並用熨斗燙平。

②用熨斗整燙成弧形。

※利用熨斗整燙形狀，
使寬度變成1cm。

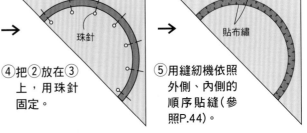

底布(表)

複寫紙型
的圖案

珠針

貼布繡

③將實物大紙型的
圖案複寫到底布
(布片E)上。

④把②放在③
上，用珠針
固定。

⑤用縫紉機依照
外側、內側的
順序貼縫(參
照P.44)。

15

先拼縫德勒斯登圓盤，
再以貼布繡的方式貼縫在底布上。
拼縫的布片都是同色系的，
感覺很成熟，
所以周圍搭配稍微鮮艷一點的布比較好。

圖案的縫法／第56頁
製作方法／第78頁

16

請試著用不同顏色的布
製作夏威夷拼布抱枕。
配合房間的窗簾或地毯使用對比色、
同色系或類似色也會很漂亮。

圖案的縫法／第54頁
製作方法／第78頁

選出自己喜歡的圖案做成樣品拼布吧！
夾在圖案之間的框架和周圍的邊條
最好用能夠融合圖案的布。
用格子布來做也會很有趣喔！

圖案的縫法／左上起第57・33・38・39・44・
37・35・40・36頁
製作方法／第77頁

17

可用直線縫完成的壓線

所謂壓線就是將表布、舖棉、裡布三層重疊在一起縫合的作業。
這裡要介紹用縫紉機的直線縫功能就能完成的基本壓線方法。

★可代替疏縫的工具

壓線之前必須先將表布、舖棉、裡布三層固定在一起，以免滑動。手縫拼布會用疏縫線來固定，縫紉機拼布如果不小心把疏縫線一起縫進去的話，之後要拆會很困難，所以不這樣做。我都是用噴膠，但也可以用安全別針或珠針來取代。請選擇自己喜歡的方法。

噴膠(布料固定用)

安全別針(壓線用)

珠針

★使表布、舖棉、裡布三層重疊

<<用噴膠時>>

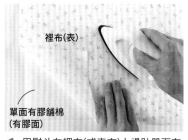

1 用熨斗在裡布(或表布)上燙貼單面有膠舖棉。

2 完成裡布與單面有膠舖棉的燙貼了。

3 用噴膠噴灑整片**2**。底下要舖報紙或包裝紙，也可以在大箱子裡噴。

4 在**3**上重疊表布(或裡布)，用手從中心往外側推壓黏合。

<<用安全別針時>>

1 在平檯上攤開裡布。用手從中心往外側推壓，藉由摩擦使布與平檯緊貼。

2 周圍貼上紙膠帶固定。

3 把舖棉攤開在**2**的上方，和**1**一樣用手從中心往外側推壓使兩者緊貼。

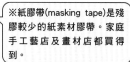
※紙膠帶(masking tape)是殘膠較少的紙素材膠帶。家庭手工藝店及畫材店都買得到。

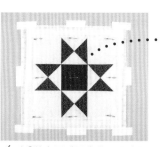

4 在**3**的上面重疊表布，用安全別針固定三層。

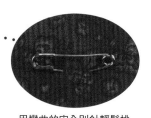
用彎曲的安全別針輕鬆挑取三層固定。

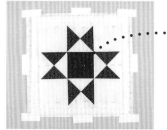

4' 在**3**的上面重疊表布，用上珠針固定三層。

用珠針固定時請小心不要刺到手。

壓線的練習
～落針壓線～

落針壓線就是縫在縫目旁邊(在縫份倒下的另一側)的壓線。起針時,尺寸較大的作品最好從中心開始縫,尺寸較小的作品則從邊緣開始縫也OK。線請選擇與表布同色系的顏色(照片中是使用較易看懂的顏色)。

起針及收針要做3次止針固定縫來代替回針縫。如果沒有止針固定縫的功能,則起針及收針都要將線端留下10cm左右,最後再收尾。

要領 1 落針壓線要縫在縫目的邊緣,所以縫紉時只要用手將左右兩側的布稍微拉開,就能縫得更漂亮。

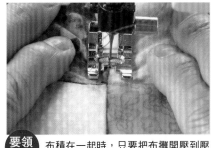

要領 2 布積在一起時,只要把布攤開壓到壓布腳底下就好了。太用力的話針可能會折斷,請注意。

<<線的收尾方法A>>做止針固定縫時

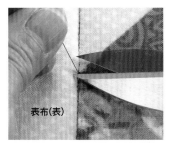

表布(表)

1 貼近布剪斷上線。

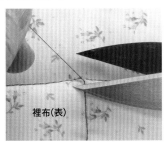

裡布(表)

2 下線也依相同方法剪斷。

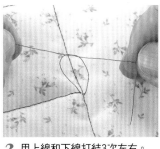

3 用上線和下線打結3次左右。

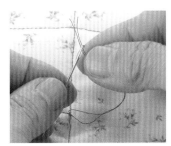

4 將上線和下線穿過縫紉針。

<<線的收尾方法B>>不做止針固定縫時

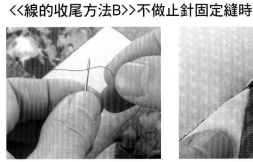

1 把上線的線端穿過縫紉針。

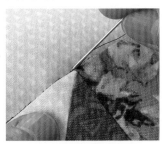

2 從線出來的地方刺入1的針,從裡布側穿出來。

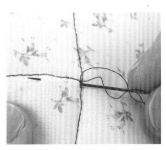

5 在線打結的旁邊入針,稍微離開一點的地方出針,把線剪斷。

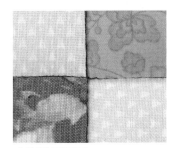

落針壓線的正面。

★可用直線縫完成的代表性壓線

請使用與表布同色系的線來縫(照片中用的是能讓讀者較容易懂的顏色)。縫紉前請先畫上淺淺的線條。

全面性壓線 平均縫在整個圖面上的壓線。較常用的有連接布片交點或中心的格子狀或斜線壓線。

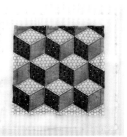

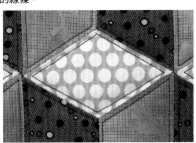

輪廓壓線 沿著布片的輪廓壓線,縫在0.3~0.4cm的內側。

包邊就是將表布、舖棉、裡布三層重疊壓線後，周圍用長條狀的布包起來的作業。有準備4條包邊布，依照先左右後上下的順序縫合的A型，以及用1條長長的布繞一圈包起來的B型。

A型

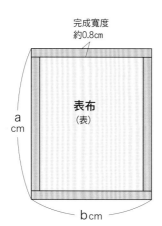

●床罩等的大型作品適合用伸縮性較差的直紋布做包邊，所以要用A的方法。

●確實用珠針固定，然後邊稍微放鬆邊縫上包邊布。

完成寬度約0.8cm

表布（表）

a cm

b cm

準備包邊布(A型的布是沿布紋裁剪)

・寬4cm×長a cm……2條
・寬4cm×長b cm+縫份2cm……2條

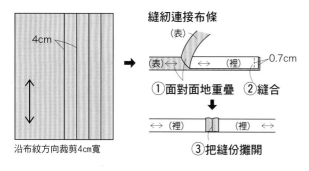

4cm

沿布紋方向裁剪4cm寬

縫紉連接布條

（表）

（表）←→ ←→（裡）　0.7cm

①面對面地重疊　②縫合

←→（裡）　（裡）←→

③把縫份攤開

包邊的縫合方法

1. 先縫左、右的包邊布

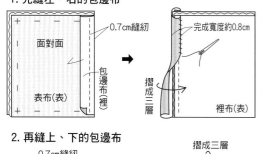

0.7cm縫紉

面對面

表布（表）

包邊布（裡）

完成寬度約0.8cm

摺成三層

裡布（表）

2. 再縫上、下的包邊布

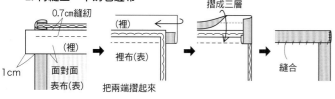

0.7cm縫紉

（裡）

1cm　面對面

表布（表）

裡布（表）

把兩端摺起來

摺成三層

縫合

B型

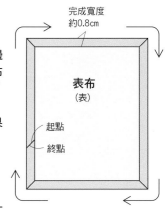

●有弧形的作品或是扇形等的邊緣處理要用伸縮性好的斜紋布做包邊，所以要用B的方法。

●用格子布做包邊也會很有效果。圓點圖案看起來會歪歪的，請小心使用。

●請從左下1/3的位置開始縫，那裡是人類視線的死角，繞一圈包起來。

完成寬度約0.8cm

表布（表）

起點

終點

準備包邊布(B型請裁剪成斜紋布)

・寬4cm×作品周圍的長度+縫份2cm……1條

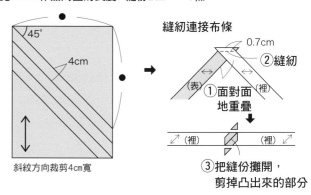

45°

4cm

斜紋方向裁剪4cm寬

縫紉連接布條

0.7cm

②縫紉

（表）①面對面地重疊（裡）

（裡）　（裡）

③把縫份攤開，剪掉凸出來的部分

包邊的縫合方法

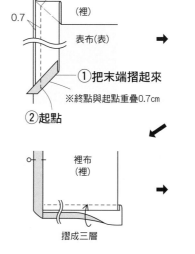

③縫到角為止

0.7

（裡）

表布（表）

①把末端摺起來

※終點與起點重疊0.7cm

②起點

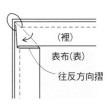

（裡）

表布（表）

往反方向摺

④提起針和壓布腳，拉線，從角開始縫

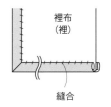

裡布（裡）

摺成三層

縫合

裡布（裡）

縫合

A　縫紉機保養基礎

為了讓縫紉機常保良好的狀態，每日的保養工作是絕對不能少的。

我們在使用縫紉機時，線的毛屑和灰塵會蓄積在梭床的內部。所以請定期取下針板，清除蓄積在梭床內及送布齒間隙等處的毛屑和灰塵。最後再注一些機油並讓機器空轉一下(也有些機種基本上是不需要注油的)。注完油後第一次縫紉要先縫廢布再開始縫。

B　縫紉機運作不正常時　請先檢查這裡！

①取下上線，重新正確地繞一次。
②取出下線，確認梭子上的線是否纏得很均勻，再重新正確地裝回去。
③確認是否使用了適合布料厚度的針和線(參照P.3)。
④如果針彎曲了或是末端磨損了就把針換掉。

C　縫紉機的問題處理

若上述B中①~④的方法無法有效改善問題，請參考以下針對各別問題提供的簡單處理方法。

上線斷掉
● 確認線的張力是否太強了。
● 檢查針的裝法是否有誤(參照P.10)。
● 如果針彎曲了或是末端磨損了就把針換掉(參照P.10)。
● 請確認線是否有纏在線架上。
● 線太舊也會成為導致斷線的原因。

下線斷掉
● 如果是半回轉梭床，則下線張力太強也可能會導致斷線。請將梭殼的調節螺絲轉鬆(參照P.9)。
● 線太舊也會成為導致斷線的原因。

針折斷
● 請確認線是否有纏在線架上。
● 是否以太過勉強的程度推布或拉布？

縫目跑掉
● 如果針彎曲了或是末端磨損了就把針換掉(參照P.10)。

縫目裡的布皺皺的
● 線的張力太強了，請把上、下線的張力都調鬆。
● 縫較薄的布時，就算用了適合的針線，布料仍然會皺縮，此時可以將描圖紙等容易撕破的紙舖在底下，這樣就能縫得很漂亮，之後再把紙撕掉。

線在裡布那一側呈現環狀
●線可能沒有正確地穿過挑線桿和上線張力調節器。請重新繞一次上線。
※使用垂直全回轉式梭床的縫紉機時，若即使正確地繞好上線卻仍然出現相同的症狀，就可能是梭床的部分有損傷。請到購買縫紉機的商店詢問。

〈作品 *1* 〉
●材料　拼縫用布…印花布a・b・c各4×90cm・d布23×13cm・e布17×9cm、後側布25×40cm、單面有膠舖棉・裡布各50×40cm、包邊用斜紋布(含布環)3.5×60cm、蕾絲花1片
●1/2縮尺紙型…第79頁
●製作方法
1. 製作9片布條拼縫的區塊(參照P.16)。
2. 1連接成鐵路柵欄的圖案(參照P.16)。
3. 在2的上下連接d布和e布，擺上紙型，畫出完成線和壓線的記號。
4. 在3上貼有膠舖棉，重疊裡布並縫上壓線。後側(一片布)也一樣與有膠舖棉及裡布重疊，縫上間距2.5cm的格子狀壓線，留0.7cm的縫份裁剪周圍。
5. 將前、後片面對面地對齊並縫合，處理縫份，翻回表面。
6. 縫上布環，包邊。在布環的根部縫上蕾絲花。

〈作品 *2* 〉
●材料　拼縫用布…a布30×30cm・b布20×30cm・c布20×20cm、單面有膠舖棉、裡布各20×20cm、包邊用斜紋布3.5×90cm、蕾絲花1片
●製作方法
1. 拼縫雙重九宮格圖案(參照P.14・15)。
2. 在表布的裡側貼上有膠舖棉，重疊裡布並縫上壓線。
3. 將周圍包邊，製作布環，在根部縫上蕾絲花。

〈作品 *1* 〉

1. 製作9片布條拼縫的區塊(參照P.16)

2.~4. 在前側貼上有膠舖棉，重疊裡布並縫上壓線

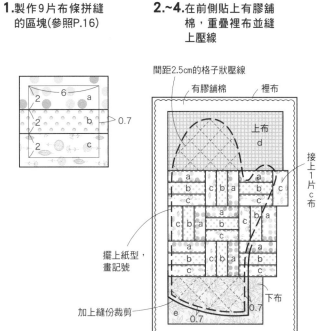

間距2.5cm的格子狀壓線
有膠舖棉　　裡布
上布 d
接上1片c布
擺上紙型，畫記號
加上縫份裁剪
下布
e
0.7

5. 面對面地對齊並縫合

① 在曲線部分的縫份上剪牙口
0.7cm車縫
裡側
② 縫份用縫邊緣或捲針縫處理
表側　　翻回表面

6. 縫上布環，包邊

16
0.8　車縫　斜紋布

斜紋布
(表)
0.7
包邊
0.8
縫上蕾絲花

<完成圖>
用縫紉機壓線
2.5
2.5
2
2・6
32
落針壓線
7
0.8cm包邊
18

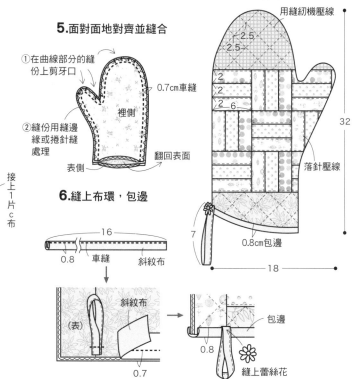

〈作品 *2* 〉

1. 製作5片九宮格圖案(參照P.14・15)

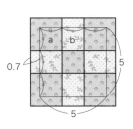
a　b
0.7
5
5

2. 在雙重九宮格的表布上貼有膠舖棉，重疊裡布並縫上壓線。

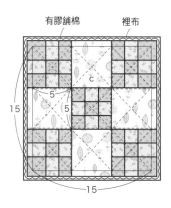
有膠舖棉　　裡布
c
15
5
5
15

3. 將周圍包邊，同時製作布環。

<完成圖>
縫上蕾絲花
10
0.8cm包邊
5
5
16.6
5
用縫紉機壓線
落針壓線
16.6

0.8
車縫　布環11.5cm
留下開口
裡布(表)
插入並縫合
裡布(表)

●材料

表布(含前後身、綁帶、2.5×80cm的包邊用斜紋布3條)…印花布100cm寬×130cm、口袋的拼縫用布(A~C)…適量、下擺的拼縫用布…D布35×30cm・E布50×30cm・F布45×20cm・G布35×30cm・H布30×25cm、寬1.6cm的蕾絲160cm

●製作方法

1. 製作口袋。依照九宮格的要領拼縫2片區塊(參照P.14)。把縫份壓倒並車縫,擺上紙型並畫記號。
2. 連接下擺布D~H。
3. 將口袋縫到2上。
4. 縫紉前後身的肩部及側邊,連接下擺布。
5. 製作綁帶,將後側的中心摺成三層,夾入並縫上綁帶。以疏縫固定領口後端的綁帶。
6. 將下擺摺成三層並縫紉。
7. 領口、袖口都用斜紋布包邊。
8. 在下擺縫上蕾絲。

製圖

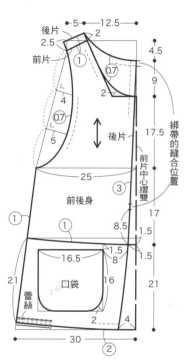

加上〇數字所示的縫份裁剪,
其他縫份為1cm

1.製作口袋,依照九宮格的要領拼縫2片區塊(參照P.14)

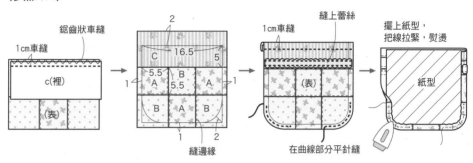

2.連接下擺布D~H　縫份用鋸齒狀車縫處理

5.製作並縫上綁帶

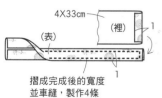

4X33cm

摺成完成後的寬度
並車縫,製作4條

8.在下擺縫上蕾絲

1.25

蕾絲

〈完成圖〉

●材料

拼縫用布…適量、表布(含提把・貼邊)…條紋布80×60cm、裡布(含口袋)70×70cm、單面有膠舖棉50×80cm、提把棉6×43cm、包邊布4×80cm、包釦用布適量、直徑2cm的塑膠包釦4個、直徑約0.6cm的圓繩60cm、直徑1.5cm的磁釦1組

●製作方法

1. 製作32片三角形拼縫a的區塊(參照P.18)
2. 將16片1的區塊連接成風車圖案(參照P.19)。依相同方法再做1片。
3. 在2的兩側連接主體表布及底布,貼上有膠舖棉,縫上壓線及落針壓線。
4. 在裡布上縫合口袋及貼邊。
5. 將表布與4面對面地對齊,縫紉袋口的部分,翻回表面,車縫袋口部分。
6. 把底的側身摺起來,將側邊包邊。
7. 製作並縫上提把。
8. 縫上包釦做裝飾。
9. 縫上磁釦。

1. 製作32片三角形
拼縫a的區塊(參照P.18)

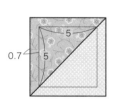

6. 將側邊包邊

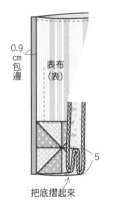

把底摺起來

7. 製作並縫上提把

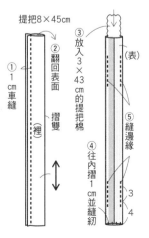

3. 製作表布,貼上有膠舖棉,
縫上壓線

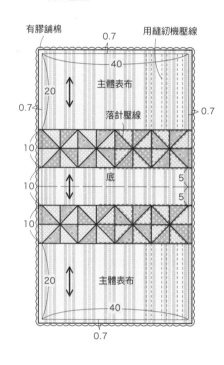

8. 縫上包釦做裝飾

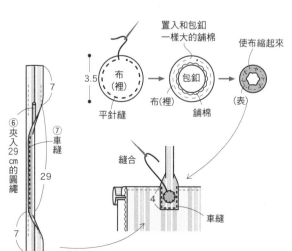

4. 在裡布上縫合口袋及貼邊

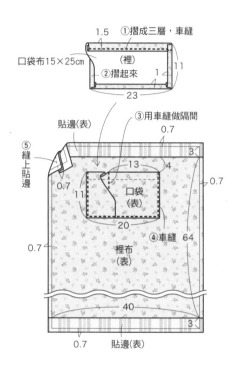

〈完成圖〉

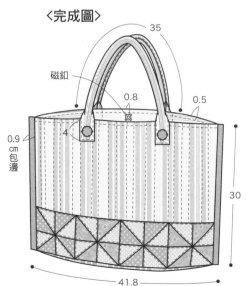

●材料
拼縫用布…印花布3種適量、表布…條紋布
30×30cm、單面有膠舖棉・裡布各30×45
cm、包邊布4×40cm、長20cm的拉鍊1條

●製作方法
1. 製作42片三角形拼縫a的區塊(參照P.18)
   。

2. 在1的兩側連接主體表布和底布，做成大
   表布，貼上有膠舖棉，縫上壓線。

3. 將2與裡布面對面地對齊，中間夾入拉
   鍊，三者一起縫合。

4. 翻回表面，縫紉袋口。

5. 把底的側身摺起來，將側邊包邊。

1. 製作42片三角形拼縫a的區塊
   (參照P.18)

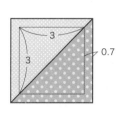

3. 在表布與裡布之間夾入拉鍊一起縫

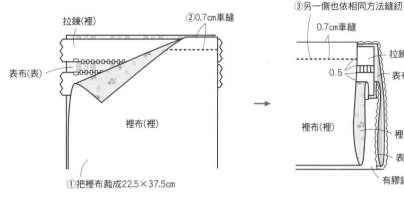

拉鍊(裡)　②0.7cm車縫
表布(表)
裡布(裡)
①把裡布裁成22.5×37.5cm

③另一側也依相同方法縫紉
0.7cm車縫
拉鍊(裡)
0.5
表布(表)
裡布(裡)
裡布(表)
表布(裡)
有膠舖棉

2. 製作大表布，貼上有膠舖棉
   縫上壓線

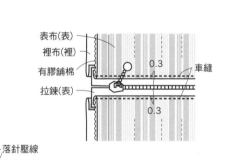

沿著條紋縫上壓線
有膠舖棉
21
主體表布
6
3
3
9
0.7
9
底
6
6
落針壓線
主體表布

4. 把3翻回表面，車縫袋口

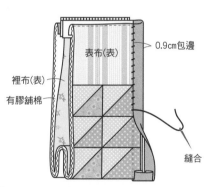

表布(表)
裡布(裡)
有膠舖棉
拉鍊(表)
0.3
車縫
0.3

5. 將側邊包邊

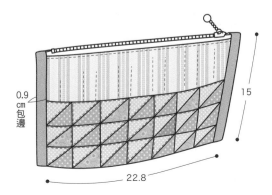

表布(表)　0.9cm包邊
裡布(表)
有膠舖棉
縫合

〈完成圖〉

0.9
cm
包
邊
15
22.8

●材料
拼縫用布…印花布3種適量、表布…條紋布40×40cm、包邊用斜紋布4×30cm、保冷材40×20cm、單面有膠鋪棉30×20cm、蛋形環2個、D形環2個、繩擋1個、直徑0.3cm的圓繩50cm

●製作方法
1. 製作12片三角形拼縫b的區塊(參照P.20)。
2. 把1連接成洋基拼圖(參照P.20)的圖案，裡側貼上有膠鋪棉，縫上落針壓線。
3. 在2的一側連接主體表布。
4. 把3縫成環狀。
5. 在外底上燙貼有膠鋪棉，縫上壓線。
6. 將4與5縫合。
7. 用保冷材製作內袋，置入6中。
8. 製作口布及布環，固定在主體的袋口部分，包邊。
9. 製作提把。
10. 在口布上穿繩子，裝上繩擋。

1. 製作12片三角形拼縫b的區塊(參照P.20)

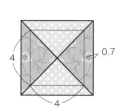

5. 製作外底

貼上有膠鋪棉，縫紉間隔2cm的格子狀壓線

有膠鋪棉

9. 製作提把

摺成完成寬度，車縫

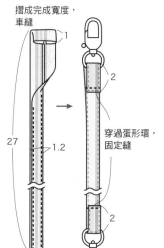

穿過蛋形環，固定縫

2.3. 在拼縫的布上燙貼有膠鋪棉，縫上落針壓線，連接主體表布

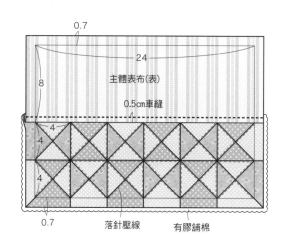

0.7　　24
8　主體表布(表)
0.5cm車縫
4
4
4
0.7　　落針壓線　　有膠鋪棉

8. 製作口布及布環，縫在主體上

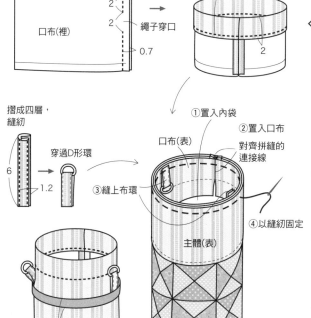

口布(裡)　　2　2　繩子穿口　0.7

摺成三層，車縫
2

摺成四層，縫紉
6　穿過D形環　1.2

①置入內袋
②置入口布
對齊拼縫的連接線
口布(表)
③縫上布環
④以縫紉固定
主體(表)
⑤0.8cm包邊

表布的裁剪方法

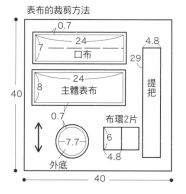

0.7
7　24　口布　4.8
8　24　主體表布　29　提把
40
0.7
7.7
外底　　6　4.8　布環2片
40

保冷材的裁剪方法

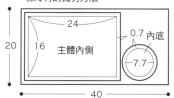

24
20　16　主體內側　0.7 內底
7.7
40

〈完成圖〉

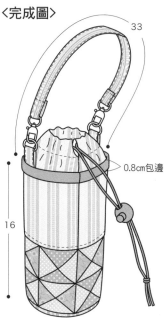

33
16
0.8cm包邊
7.5

●材料
拼縫用布(A・B・C・包釦用)…各適量、主體表布(含口布、提把、底、包邊用斜紋布4×70cm)…紫色格子布80×80cm、裡布70×40cm、單面有膠鋪棉(含提把、底、包釦用)45×50cm、直徑0.4cm的圓繩140cm、直徑2cm的包釦4個

●底的實物大紙型…第79頁

●製作方法
1. 製作8片黃昏之星圖案(參照P.35)。
2. 把4片**1**連在一起，然後在上下兩側連接表布。裡側貼上有膠鋪棉，縫上落針壓線。依相同方法再製作1片。
3. 使**2**面對面地對齊，縫紉兩側，縫成環狀。依相同方法縫紉主體裡布，使表布與裡布背對背地對齊。
4. 製作口布，縫在**3**上。
5. 製作底。在底表布上邊貼有膠鋪棉，重疊裡布並縫上間隔2cm的格子狀壓線。
6. 將底縫合於**4**，用斜紋布包邊(參照P.64-b)。
7. 製作提把，縫在口布上。
8. 穿過繩子，在繩子末端縫上包釦做裝飾。

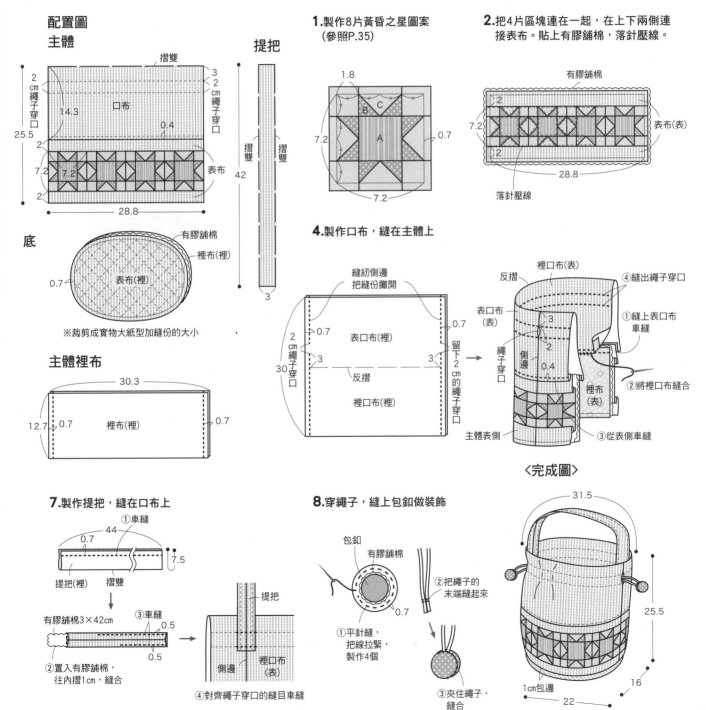

●材料

拼縫用布…A～E各適量、主體表布(含提把)90×80cm、裡布(含底板的份量)110×70cm、單面有膠舖棉50×120cm、厚布襯(底的份量)30×20cm、底板26.5×14.5cm、直徑1.5cm的磁釦1組

●提把的1/2縮尺紙型…第79頁

●製作方法

1. 製作1片魔術卡片圖案(參照P.32)。

2. 在1的周圍連接側布及上布，完成前側的製作。

3. 將前側與後側的底連接，裡側貼上有膠舖棉，縫上落針壓線及壓線。

4. 在底的部分縫上貼了厚布襯的外底布。

5. 在後側的裡布上縫口袋，將前、後側裡布的底邊縫合。

6. 使主體與裡布面對面地對齊，先縫合提把那一側，然後重新使主體與主體、裡布與裡布面對面地重疊，留下翻口縫合兩側。

7. 分別縫紉主體與裡布的側身，縫份以騎馬縫縫合。

8. 從翻口翻回表面。

9. 縫紉提把的部分，將提把重疊並縫合成環狀，用布包起來。

10. 製作底墊。將裡布16.5×55cm的布對摺，以1cm的縫份縫紉兩側。翻回表面，置入底板，縫合。

11. 縫上磁釦。

配置圖

22.5
24
7.5

上布
1.5
9　24　9
側布　C　A　B　側布　24
D　E
1.5　1.5
裡布底中心
後側布底中心摺雙
27
42

※後側表布用一片布裁剪成含側布、上布、底布的形狀。
※裡布的前後片各用一片布裁剪成含一半底的形狀，在底中心接合。

1.製作1片魔術卡片圖案 (參照P.32)

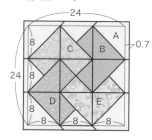

24
8　C　B　A　0.7
24　8
8　D　E
8　8　8

5.在裡布上縫口袋，縫合底邊

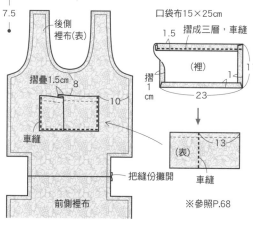

後側裡布(表)
摺疊1.5cm　8
10
車縫
前側裡布

口袋布15×25cm
1.5　摺成三層，車縫
(裡)　11
摺1cm　1
23
把縫份攤開
(表)　13
車縫
※參照P.68

2.3.製作表布，貼上有膠舖棉，用縫紉機壓線

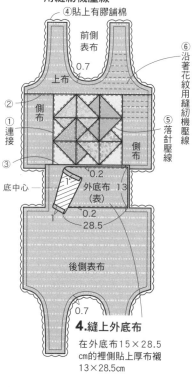

④貼上有膠舖棉
前側表布
0.7
上布
⑥沿著花紋用縫紉機壓線
②
側布
①連接
側布
⑤落針壓線
③
底中心
外底布　13 (表)
0.2
0.2
28.5
後側表布
0.7

4.縫上外底布
在外底布15×28.5cm的裡側貼上厚布襯13×28.5cm

6.將主體表布與裡布縫合。

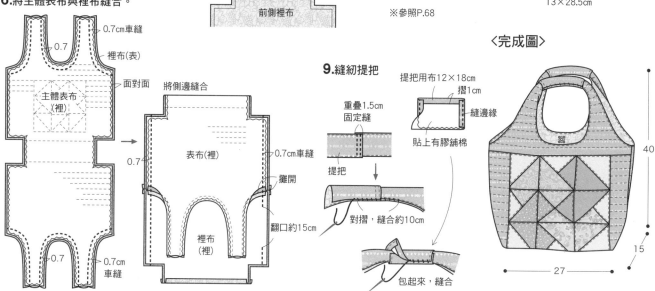

0.7cm車縫
0.7
裡布(表)
面對面
主體表布(裡)
0.7
0.7車縫
車縫

將側邊縫合
表布(裡)
0.7cm車縫
攤開
裡布(裡)
翻口約15cm

9.縫紉提把

提把用布12×18cm
摺1cm
縫邊緣
重疊1.5cm固定縫
貼上有膠舖棉
提把
對摺，縫合約10cm
包起來，縫合

〈完成圖〉

40
15
27

〈作品 *9*〉

●材料　拼縫用布…印花布3種各適量、舖棉・裡布各30×30cm、畫框46×46cm(內寬24×24cm)

●製作方法

1. 製作4片線軸圖案(參照P.41)。
2. 把**1**連接成表布，與舖棉、裡布重疊，縫上壓線。
3. 置入畫框內。

〈作品 *10*〉

●材料　拼縫用布…褐色系印花布各適量、單面有膠舖棉・裡布各60×85cm、包邊布(雙層)8×270cm

●製作方法

1. 製作6片熊掌圖案(參照P.37)。
2. 把**1**連接成表布，貼上有膠舖棉，重疊裡布，縫上壓線。

3. 在有膠舖棉及裡布的周圍留下1.5cm的縫份，其餘剪掉。
4. 周圍做雙層包邊。

〈作品 *9*〉

1.製作4片線軸圖案
(參照P.41)

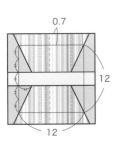

2.把1連接起來，舖棉壓線

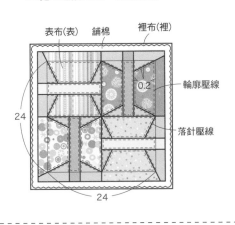

表布(表)　舖棉　裡布(裡)　輪廓壓線　落針壓線

〈完成圖〉

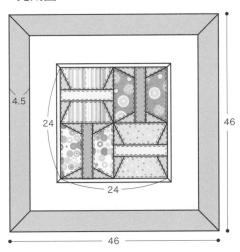

〈作品 *10*〉

1.製作6片熊掌圖案
(參照P.37)

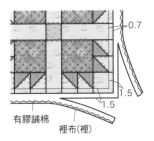

3.剪掉有膠舖棉及裡布的多餘縫份

有膠舖棉　裡布(裡)

〈完成圖〉

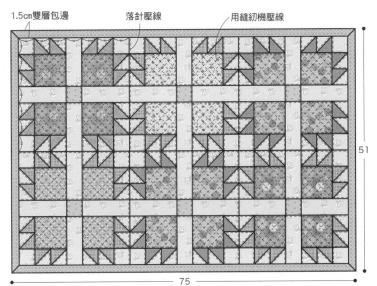

1.5cm雙層包邊　落針壓線　用縫紉機壓線

75　51

雙層包邊的縫法

把包邊布摺成一半
摺雙

縫到記號處，回針縫
(線不必剪斷)

表布(表)　止縫位置　摺雙　包邊布

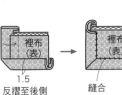

表布(表)　裡布(表)

把包邊布摺起來，從角落先回針縫再開始縫　反摺至後側　縫合

●材料

拼縫用布…印花布11種各適量、表布55×65cm、邊條布40×80cm、單面有膠舖棉·裡布70×80cm、包邊用斜紋布4×270cm、穿棒布9×59cm

●製作方法

1. 依照配置圖連接六角形布片(參照P.45)。
2. 在表布上縫花籃提把及1的貼布繡(參照P.59·44)。
3. 製作邊條，縫在表布周圍。
4. 在3上貼有膠舖棉，重疊裡布，縫上壓線。
5. 將周圍包邊(參照P.64-b)。
6. 縫上穿棒布。

六角形
實物大紙型

←→

配置圖

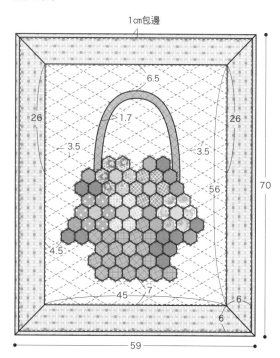

4.用縫紉機壓線

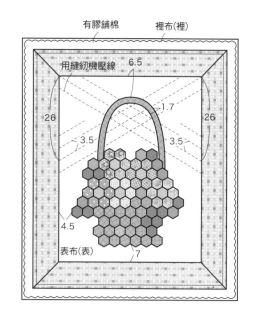

3.裁剪邊條布，縫成畫框的模樣

①裁剪邊條布

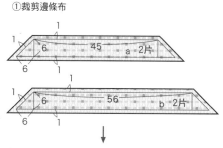

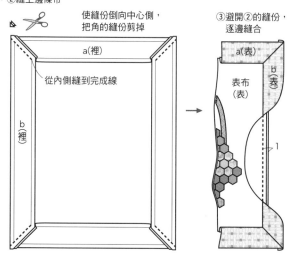

②縫上邊條布

使縫份倒向中心側，把角的縫份剪掉

從內側縫到完成線

③避開②的縫份，逐邊縫合

6.縫上穿棒布

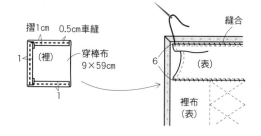

摺1cm　0.5cm車縫

穿棒布9×59cm

縫合

●材料
拼縫用布…印花布9種各適量、後側・底墊
60×20cm、單面有膠鋪棉20×20cm、包邊
布(含繩子的份量)4×140cm、網底鋪棉・厚
紙板各15×15cm、寬1.2cm的心形蕾絲70cm
●盒子的尺寸　4×16×16cm

●製作方法
1. 製作4片小木屋圖案(參照P.48)。
2. 把2片1連接起來，貼上有膠鋪棉，縫上落針壓線。
3. 擺上後側布，縫紉一邊，翻回表面。
4. 縫上長邊的包邊(P.64-a)，短邊則依相同方法包邊並延長做成繩子。
5. 縫上心形蕾絲。
6. 製作並置入底墊。

布條2~17的長度(單位：cm)

		紅色系	藍色系
第1圈		2=2.6	4=3.4
		3=3.4	5=4.2
第2圈		6=4.2	8=5
		7=5	9=5.8
第3圈		10=5.8	12=6.6
		11=6.6	13=7.4
第4圈		14=7.4	16=8.2
		15=8.2	17=9

中心布1 =2.6×2.6cm
布條2~17的寬度(共通)=1.8cm
※布條的縫份是0.5cm

1. 製作4片小木屋圖案(參照P.48)
※布依照上表中的尺寸裁剪

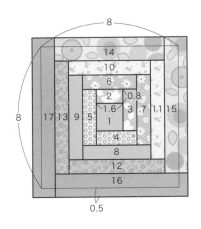

2. 把2片1連接起來，貼上
有膠鋪棉，縫上落針壓線

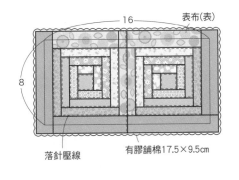

落針壓線　　有膠鋪棉17.5×9.5cm

3. 縫上後側布

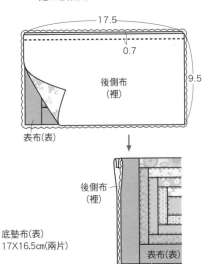

後側布(裡)　　表布(表)

4. 包邊並延長做成繩子

5. 用縫紉機縫上心形蕾絲

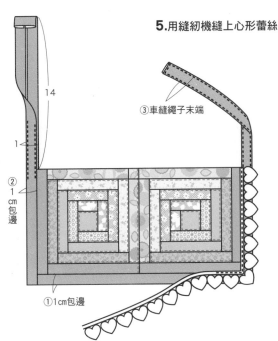

③車縫繩子末端
①1cm包邊
②1cm包邊

6. 製作底墊

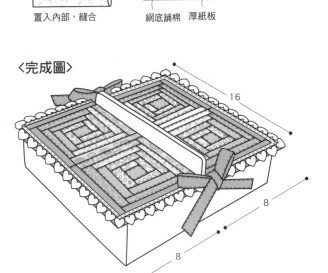

底墊布(表)
17X16.5cm(兩片)

置入內部，縫合

網底鋪棉　厚紙板

〈完成圖〉

〈作品*12* 裁縫工具包〉

●材料　拼縫用布…印花布4種各適量、後側布15×15cm、內側布(含口袋、針插的份量、別布)30×35cm、包邊用斜紋布4×100cm、長20cm的拉鍊2條、單面有膠鋪棉15×30cm、寬1.2cm的心形蕾絲45cm

●製作方法

1. 製作1片玫瑰花園圖案(參照P.49)，貼上有膠鋪棉，縫上落針壓線。

2. 在後側的表布上貼有膠鋪棉，縫上壓線。

3. 在2片內側布上縫口袋和針插(僅1片)。

4. 分別將前側與**3**(1片)、後側與**3**(1片)背對背地對齊後包邊(P.64-b)。

5. 將前後側縫合，裝上拉鍊。

6. 在拉鍊的接合處縫上別布。

〈作品*13* 筆筒〉

●材料　拼縫用布…印花布9種各適量、口布…紅底圓點布(含裡布·外底·內底)40×30cm、單面有膠鋪棉40×30cm、寬1.2cm的心形蕾絲40cm、透明的塑膠製筆筒(11×8×8cm)1個

●製作方法

1. 製作4片小木屋圖案(同P.75)。

2. 把**1**連接起來做成側面表布。

〈作品 *12* 裁縫工具包〉

配置圖

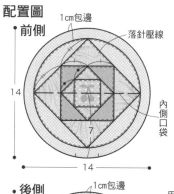

●前側

●後側

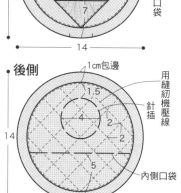

3.製作2片內側布

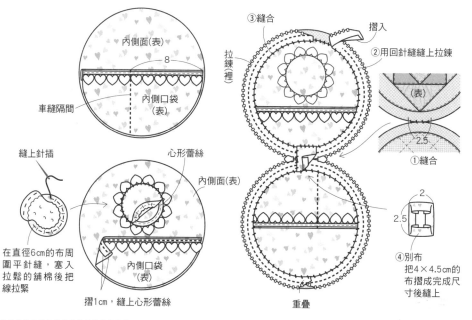

5.6.縫上拉鍊，接合處用別布遮住

〈作品 *13* 筆筒〉

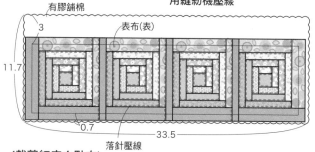

3.在側面表布上貼有膠鋪棉，用縫紉機壓線

4.製作外底布

7.8.使側面表布與裡布對齊，縫上口布，縫上心形蕾絲

〈完成圖〉

〈裁剪紅底白點布〉

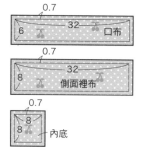

6.縫上裡布

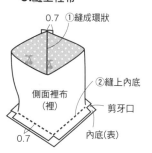

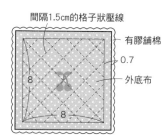

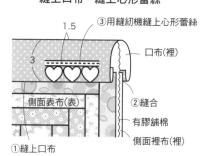

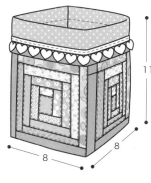

3. 在側面表布上貼有膠舖棉，縫上落針壓線，縫成環狀。
4. 製作外底布。
5. 將側面表布與外底布縫合。
6. 縫紉裡布。
7. 使側面表布與側面裡布背對背地對齊，縫上口布。
8. 在口布上縫心形蕾絲。
9. 將塑膠製的筆筒置入內部。

●材料
拼縫用布(區塊A9片・B16片)…印花布適量、C布60×80cm、單面有膠舖棉100×100cm、裡布(含穿棒布9.5×92cm)100×110cm、包邊用斜紋布4×380cm
●實物大紙型…六角形第46頁、蜜蜂第57頁

●製作方法
1. 製作9片不同圖案的區塊A(左上起請參照P.57・33・38・39・44・37・35・46・36)，製作16片九宮格圖案(參照P.15)的區塊B。
2. 用區塊B和C布片把1連在一起做成表布。
3. 在表布上貼有膠舖棉，重疊裡布，縫上壓線。
4. 將周圍包邊(參照P.64-b)。
5. 在裡布側的上方縫上穿棒布(參照P.74)。

配置圖

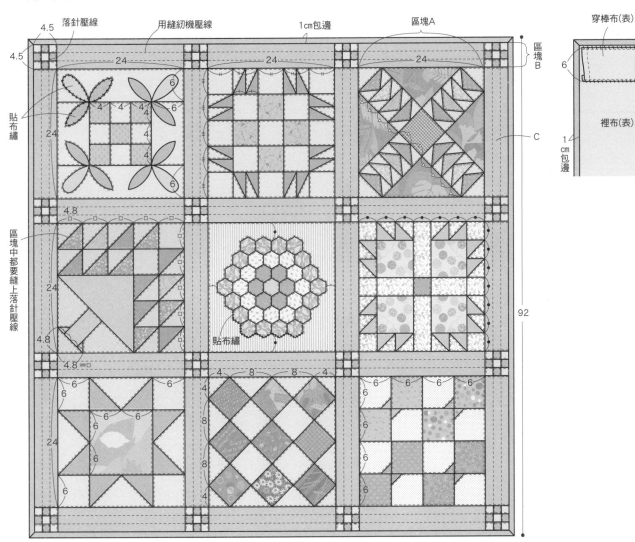

77

<作品*15* 德勒斯登圓盤>

●**材料** 拼縫用布…印花布5種各適量、表布35×35cm、邊條布30×50cm、裡布・單面有膠鋪棉各45×45cm、後側布45×50cm、長35cm的拉鍊1條、裝好棉花的枕心1個

●**實物大紙型**…第57頁

●**製作方法**

1. 製作德勒斯登圓盤的圖案(參照P.56)，以貼布繡的方式縫在表布上。
2. 在**1**的周圍連接邊條布(參照P.47)，裡側貼上有膠鋪棉，重疊裡布，縫上壓線。
3. 在後側布上裝拉鍊。
4. 使**2**和**3**面對面地對齊，縫紉周圍。
5. 翻回表面，置入裝好棉花的枕心。

<作品*16* 夏威夷拼布>

●**材料** 貼布繡用布40×40cm、表布・裡布・單面有膠鋪棉各45×45cm、後側布45×50cm、長35cm的拉鍊1條、裝好棉花的枕心1個

●**實物大紙型**…第79頁

●**製作方法**

1. 在表布上做貼布繡(參照P.54)，貼上有膠鋪棉，重疊裡布，縫上壓線。之後與左述的**3~5**相同。

<作品 *15*>

配置圖　德勒斯登圓盤

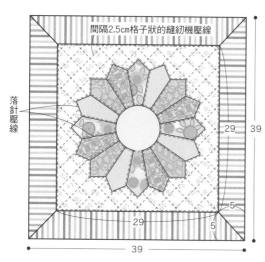

後側(共通)

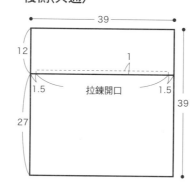

3.在後側布上安裝拉鍊

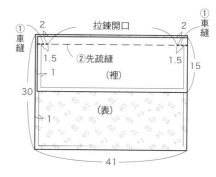

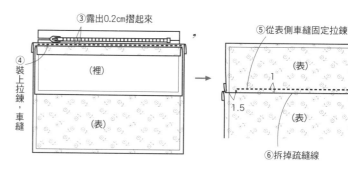

<作品 *16*>

配置圖　夏威夷拼布

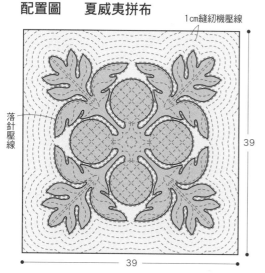

4.將前後側面對面地對齊並縫合

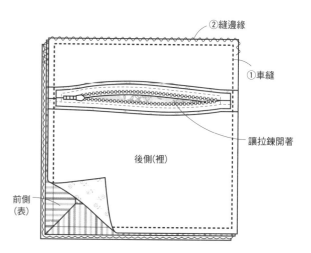

實物大紙型

※此圖不含縫份，請自行依作品種類添加縫份。
※只有作品1‧8是1/2縮尺的紙型，請放大200%複印使用。
※----是壓線記號。

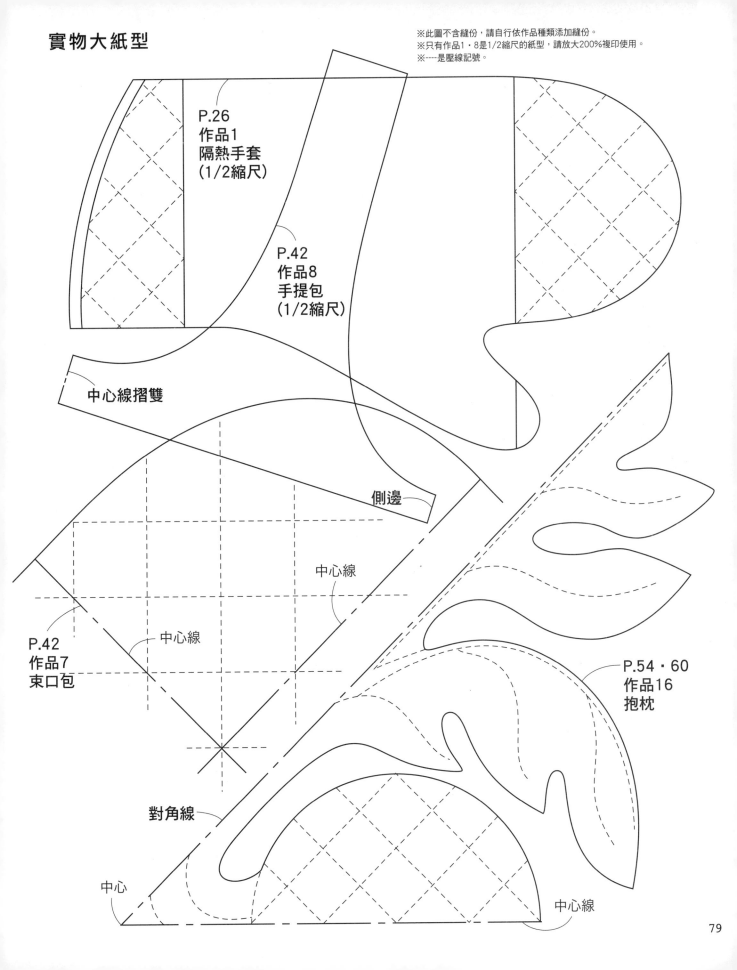

P.26
作品1
隔熱手套
（1/2縮尺）

P.42
作品8
手提包
（1/2縮尺）

中心線摺雙

側邊

中心線

中心線

P.42
作品7
束口包

P.54‧60
作品16
抱枕

對角線

中心

中心線

機縫拼布入門

●拼布教室

よくわかるミシンパッチワークの基礎

Yokuwakaru Mishin Patchwork no kiso

Copyright © Junko Masuda 2008

Photographers: Akinori Miyashita

Original Japanese edition published by NIHON VOGUE Co,.Ltd.

This edition is publishing by arrangement with NIHON VOGUE Co,.Ltd., Tokyo

through *Jia-Xi* Books Co., Ltd., Taipei, Taiwan, R.O.C.

Complex Chinese translation rights © 2009 Maple House Cultural Publisher

Profile

增田順子

現居於日本東京。曾在「野原拼布教室」學習。1983年掌管「JM工房」。1993年起正式將心力投注於縫紉機拼布，研究手縫與機縫的不同，以及縫紉機拼布的手法。平時除了指導後進之外，也會在雜誌及展示會等發表作品。著作有「新手拼布」和「新式拼布」。

出　　　版／楓書坊文化出版社

地　　　址／台北縣板橋市信義路163巷3號10樓

郵 政 劃 撥／19907596　楓書坊文化出版社

網　　　址／www.maplebook.com.tw

電　　　話／(02)2957-6096

傳　　　真／(02)2957-6435

作　　　者／增田順子

翻　　　譯／潘舒婧

總 經 銷／貿騰發賣股份有限公司

地　　　址／台北縣中和市中正路880號14樓

網　　　址／www.namode.com

電　　　話／(02)8227-5988

傳　　　真／(02)8227-5989

港 澳 經 銷／泛華發行代理有限公司

定　　　價／300元

初 版 日 期／2009年3月

國家圖書館出版品預行編目資料

機縫拼布入門 / 增田順子 作；潘舒婧 翻譯，
－－初版.－－臺北縣板橋市：楓書坊文化
2009.03　80面 25.6公分（拼布教室）

ISBN　978-986-6485-21-3（平裝）

1. 縫紉 2. 拼布藝術 3. 手工藝

426.3　　　　　　　　　　98002345